文言日诵

修身

近母语◎编著

童趣出版有限公司编　人民邮电出版社出版
北　京

图书在版编目（CIP）数据

文言日诵. 修身 / 亲近母语编著 ; 童趣出版有限公司编. -- 北京 : 人民邮电出版社, 2022.4
ISBN 978-7-115-58857-9

Ⅰ. ①文… Ⅱ. ①亲… ②童… Ⅲ. ①中国文学－古典文学－文学欣赏－少儿读物 Ⅳ. ①I206.2-49

中国版本图书馆CIP数据核字(2022)第040121号

责任编辑：赵欣宇
责任印刷：孙智星
封面设计：段　芳
排版制作：杨　倩

编　　：童趣出版有限公司
出　版：人民邮电出版社
地　址：北京市丰台区成寿寺路11号 邮电出版大厦（100164）
网　址：www.childrenfun.com.cn

读者热线：010－81054177
经销电话：010－81054120

印　刷：北京利丰雅高长城印刷有限公司
开　本：787×980　1/16
印　张：13.5
字　数：300千字
版　次：2022年4月第1版　2024年9月第12次印刷
书　号：ISBN 978-7-115-58857-9
定　价：52.00元

序言

文言是汉语言的典范，是汉语母语性及中华文明传统的根基。自先秦至明清，我们的祖先在书册卷轴上挥洒笔墨，在心口之间一代代吟诵传承，点亮了中华文明的灿烂光辉，成就了无与伦比的母语之美。

对孩子而言，文言是语言习得、人格养成的重要资源。学习文言、培养对文言的兴趣，可以帮助孩子从母语和文明的根部汲取养分，为孩子的成长打开一座取之不尽的宝库。

《文言日诵》是由亲近母语潜心研发的一套给儿童的文言诵本。

在《日有所诵》《我爱吟诵》的研发基础上，结合亲近母语在古诗文诵读方面近 20 年的研究积累，我们翻阅了大量典籍，建立了广博且庞大的文言语料库，努力发掘尘封于典籍中的文化宝藏，尽可能地为孩子呈现一个全方位的、丰富多彩的文言世界。

基于亲近母语对儿童的深入了解，我们从中精挑细选、反复斟酌，在保证语段文辞优美、意蕴丰厚的前提下，兼顾儿童性，选择符合儿童趣味，适应小学阶段儿童的理解水平，适合儿童诵读的文本。最终从浩瀚的文言海洋中，挑选出了 365 篇文质兼美、诵读起来朗朗上口的经典文言短篇。

《文言日诵》以独特新颖的架构方式分为四册——《故事》《博物》《修

身》《名篇》。孩子可以根据自己的兴趣、能力，由故事到博物，再到修身、名篇，循序渐进，由浅入深，从一日一诵中感受文言魅力，以更广阔的视野，更宏大的格局，全面地了解中国文化。

《故事》——五千年的时空对话

爱听故事，是孩子的天性。本册从清浅有趣的童趣、智慧故事开始，培养孩子对文言的兴趣。随后在盘古开天辟地、女娲补天等远古神话中，带领孩子回归文明的源头，感受先民们的浪漫想象；在刻舟求剑、叶公好龙等饱含智趣的寓言中，让孩子领会人生哲理；在卧薪尝胆、易水送别等庄严的史传中，带领孩子走进历史的场域，领略华夏英杰们以生命书写的丰功伟绩……本册选文既包括《史记》《汉书》《后汉书》等传世史籍，也包括《山海经》《世说新语》《淮南子》等奇书异志。一则则故事，一个个人物，跨越千年的时空，走进孩子的生命，扩充孩子的生命经验，浸润孩子的精神成长。

《博物》——典籍里的中华文明

天地日月、山岳江河，这是中华文明的格局与气度；四时节气、农桑耕作、草木芳华，这是中华文明的生机与脉搏；营造器用、巧工雅艺，这是中华文明的光辉成就。上知天文，下知地理，博学多闻，通今达古，方能领略华夏文明的博大精深与波澜壮阔。本册选文既包括《梦溪笔谈》《天工开物》《本草纲目》《夜航船》等博物百科，也包括《太平御览》《风俗通义》《方舆胜览》等广博类书。按天文、地舆、岁时等十二主题，展开古代中国的文明长卷，展现古人对天地、自然以及人文的认知，打开孩子的心灵格局与人文视野。

《修身》——中国人的精神追求

“人之初，性本善”，本册从爱护生灵、感念亲恩开始，唤醒孩子内心的良善。随后让孩子与古圣先贤相伴，以圣贤的言语德行激励孩子一路立志、修己、为学、精进……最终成就君子人格，培育家国情怀，弘扬天地正道。本册选文既包括《尚书》《礼记》《论语》《孟子》等儒家经典，也包括《老子》《庄子》《墨子》等诸子论著。“高山仰止，景行行止”，在耳濡目染间，引领孩子修身立德，体悟中国人应有的精神追求与生命境界。

《名篇》——流传千古的不朽篇章

“文章经国之大业，不朽之盛事。”在古人眼中，著文立说，是意义重大的事。披发行吟的屈原、发愤著书的司马迁、安贫乐道的陶渊明、才华冠绝的王勃、豪迈旷达的苏轼……他们用生命之光点亮生花妙笔，或抒怀明志，或针砭时弊，或畅叙幽情，或雄辩论道。不朽的名篇，使他们在身后的千年历史中始终如群星般璀璨。本册出处既包括《陶渊明集》《韩昌黎文集》《东坡全集》等个人文集，也包括《昭明文选》《文苑英华》《古文辞类纂》等文学总集，沿着从先秦至明清的历史脉络，让孩子在流传千古的名篇中感受文言的优美与力量。

除了优秀的选文和编排之外，我们还在部分篇目后，设置了“文说”，以生动亲切的话语与孩子交流，带着孩子走进文本，启发孩子自主思考，消除对文言文的陌生感，帮助孩子读懂文言。根据每一册的不同定位，“文说”的侧重点也有所不同，《故事》注重对难点篇目的疏通和人物精神的挖掘；《博物》注重知识的拓展与文化的解读；《修身》注重中国文化中核心智慧的点拨；《名篇》则更注重带孩子跟随文言的韵律，走进古人精神与审美的广阔天地。

学习文言，关键在于诵读。宋代大儒朱熹说：“大抵观书，先须熟读，使其言皆若出于吾之口。”音意结合、口诵心惟、熟读成诵，文言词语、句段自然能够被消化、吸收；蕴含于文言中的韵味与意境，也自然能够被领会，并在潜移默化中变成自身的母语能力与审美情趣。这就是我们常说的“读书百遍，其义自见”。

诵读的过程也是修心炼性的过程。通过每日的诵读，文言中丰沛的情感、深厚的意蕴、浓郁的人文精神，才能够被孩子所吸收，内化为自己的心性、修养，才能给孩子的心灵打上中国传统文化的精神底色，筑就孩子的精神根基。

诵读是心、眼、口、耳并用的学习方法。诵读时，熟读成诵是关键。不必要求字字落实翻译讲解，也不必要求篇篇背诵，能够大致理解文意，读出文言的韵味、情感就可以。

家长可以陪着孩子一起诵读，也可以进行适当的讲解和指导。能力足够的孩子可以自主阅读。学校与老师也可以使用这套诵本作为学生文言诵读的读本。根据孩子的诵读能力，可以日诵一篇，也可以反复读熟一篇，再接着诵读下一篇。

《文言日诵》，一日一诵，日有所诵，水滴石穿。让一篇篇文言的涓涓细流，带领孩子走进文言的殿堂，回归母语的怀抱；让传诵千古的文字与孩子的声音交织，五千年的文明血脉与孩子的生命汇流。

编　者

目录

护生

jūn zǐ zhī yú qín shòu

君子之于禽兽

jūn zǐ zhī yú qín shòu yě jiàn qí

君子之于禽兽也，见其

shēng bù rěn jiàn qí sǐ wén qí shēng bù

生，不忍见其死；闻其声，不

rěn shí qí ròu

忍食其肉。

——《孟子·梁惠王上》

yuán zǐ bá jiàn
猿子拔箭

dèng ài zhēng fú líng jiàn yuán mǔ bào
邓艾[1]征涪陵，见猿母抱
zǐ ài shè zhòng zhī zǐ wèi bá jiàn qǔ
子，艾射中之，子为拔箭，取
mù yè sè chuāng ài tàn xī tóu nǔ
木叶塞创[2]。艾叹息，投弩[3]
shuǐ zhōng
水中。

——《齐东野语》

注释

①邓艾：三国时期曹魏名将。
②创：伤口。
③弩：用机械力量发射的弓。

qǐ zhé bù shāng

启蛰不伤

cáo wǔ huì wáng xìng bù xǐ shā suǒ
曹武惠王①性不喜杀。所
jū shì huài zǐ sūn qǐng xiū qì gōng yuē
居室坏，子孙请修葺②。公曰：
shí fāng dà dōng qiáng bì wǎ shí zhī jiān
“时方③大冬，墙壁瓦石之间，
jiē bǎi chóng suǒ zhé bù kě shāng qí shēng
皆百虫所蛰④，不可伤其生。”
qí cún xīn ài wù rú cǐ
其存心⑤爱物如此。

——《人谱类记》

注释

①曹武惠王：北宋名将曹彬。
②修葺：修理。
③方：正，正当。
④蛰：蛰伏。
⑤存心：用心。

tián zǐ fāng shú lǎo mǎ

田子方①赎老马

tián zǐ fāng jiàn lǎo mǎ yú dào kuì

田子方见老马于道，喟

rán yǒu zhì yān yǐ wèn qí yù yuē cǐ

然②有志焉。以问其御③曰：“此

hé mǎ yě qí yù yuē cǐ gù gōng jiā chù

何马也？”其御曰：“此故公家畜

yě lǎo pí ér bù wéi yòng chū ér yù zhī

也，老罢④而不为用，出而鬻⑤之。”

tián zǐ fāng yuē shào ér tān qí lì lǎo ér

田子方曰：“少而贪其力，老而

qì qí shēn rén zhě fú wéi yě shù bó yǐ

弃其身，仁者弗为也。”束帛以

shú zhī

赎⑥之。

——《淮南子》

注释

①田子方：战国时期魏国人，曾拜孔子学生子贡为师。

②喟然：叹气的样子。

③御：马夫。

④罢：同“疲”。疲劳乏力。
⑤鬻：卖。
⑥赎：用财物换回人或抵押品。

文说

人，对弱小有着本能的爱心与偏护。孟子说：“恻隐之心，人皆有之。”对万事万物的同情之心，是人本性的一部分，是仁的开端。明白这个道理以后，就自然会明白邓艾为什么要把手中的弓箭扔掉，曹武惠王为什么不愿在冬天把房屋推倒重建，田子方为什么要出高价购买那匹“无用”的老马。这些行为都出自对生命的尊重。

“护生”的目的其实是“护心”，是护住我们本性里的仁爱之心。

亲恩

rén chū shēng shí

人初生时

rén chū shēng shí jī bù néng zì shí

人初生时，饥不能自食，

hán bù néng zì yì fù mǔ rǔ bǔ zhī

寒不能自衣[1]。父母乳哺之，

huái bào zhī yǒu jí zé yán yī zhěn

怀抱之。有疾，则延[2]医诊

zhì jí nián shāo zhǎng yòu shǐ rù xué qí

治。及年稍长，又使入学。其

láo kǔ rú cǐ wéi zǐ nǚ zhě qǐ kě wàng

劳苦如此。为子女者，岂可忘

qí ēn hū

其恩乎？

——《共和国教科书》

注释

①食、衣：指吃饭、穿衣。

②延：请。

wéi rén zǐ zhě

为人子者

fú wéi rén zǐ zhě chū bì gào fǎn bì

夫为人子者，出必告，反[①]必

miàn suǒ yóu bì yǒu cháng suǒ xí bì yǒu yè

面，所游必有常[②]，所习必有业[③]，

héng yán bù chēng lǎo

恒言不称老[④]。

nián zhǎng yǐ bèi zé fù shì zhī shí

年长以倍，则父事之[⑤]；十

nián yǐ zhǎng zé xiōng shì zhī wǔ nián yǐ zhǎng

年以长，则兄事之；五年以长，

zé jiān suí zhī

则肩随之。

——《礼记》

注释

①反：同“返”。返回。
②常：规律。
③业：学业，固定的方向。
④恒言不称老：平常说话不说“老”字。
⑤“年长”一句：指对于年龄比自己大一倍的人，要像对待父辈来侍奉。

文说

情感往往藏在细节里。外出游玩一定要告诉家人；回到家里，做了什么事，遇到什么问题，一定要让家里人知道，免得让家人牵挂、担心。从小到大，我们受到父母无微不至的关爱和照料，父母子女之间天生就有亲情的羁绊，但是如何表达这种情感，则需要一定的指导与帮助。《礼记》就是这样的一本书，以“礼”为核心，指导人的言与行。如何更恰当地与人相处，你能从这段文字中读出来吗？

huán shān zhī niǎo

桓山之鸟

huí wén huán shān zhī niǎo shēng sì zǐ yān

回①闻桓山之鸟，生四子焉，

yǔ yì jì chéng jiāng fēn yú sì hǎi qí mǔ

羽翼既成，将分②于四海，其母

bēi míng ér sòng zhī āi shēng yǒu sì yú cǐ

悲鸣而送之，哀声有似于此，

wèi qí wǎng ér bù fǎn yě

谓③其往而不返也。

——《孔子家语》

注释

①回：指颜回。孔子的学生。

②分：分开。

③谓：通“为”。因为。

lù jì huái jú

陆绩①怀橘

lù jì zì gōng jì wú jùn wú rén yě

陆绩字公纪，吴郡吴人也。

fù kāng hàn mò wéi lú jiāng tài shǒu jì

父康②，汉末为庐江太守。绩

nián liù suì yú jiǔ jiāng jiàn yuán shù shù chū

年六岁，于九江见袁术③。术出

jú jì huái sān méi qù bài cí duò dì

橘，绩怀三枚，去，拜辞堕地。

shù wèi yuē lù láng zuò bīn kè ér huái jú

术谓曰："陆郎作宾客而怀橘

hū jì guì dá yuē yù guī wèi mǔ

乎？"绩跪答曰："欲归遗④母。"

shù dà qí zhī

术大奇之。

——《三国志》

注释

①陆绩：三国时期吴国人，精通天文历法。

②康：即陆康。

③袁术：东汉末年割据群雄之一。

④遗：给，赠送。

mèng mǔ sān qiān

孟母三迁

zōu mèng kē zhī mǔ yě hào mèng mǔ

邹孟轲①之母也，号孟母。

qí shè jìn mù mèng zǐ zhī shào yě xī yóu

其舍②近墓。孟子之少也，嬉游

wéi mù jiān zhī shì yǒng yuè zhù mái mèng mǔ

为墓间之事，踊跃筑埋③。孟母

yuē cǐ fēi wú suǒ yǐ jū chǔ zǐ nǎi

曰："此非吾所以居处子。"乃

qù shè shì páng qí xī yóu wéi gǔ rén xuàn

去，舍④市旁。其嬉游为贾人⑤炫

mài zhī shì mèng mǔ yòu yuē cǐ fēi wú

卖⑥之事。孟母又曰："此非吾

suǒ yǐ jū chǔ zǐ yě fù xǐ shè xué gōng
所以居处子也。”复徙舍学宫⑦
zhī páng qí xī yóu nǎi shè zǔ dòu yī ràng
之旁。其嬉游乃设俎豆⑧，揖让
jìn tuì mèng mǔ yuē zhēn kě yǐ jū wú
进退⑨。孟母曰：“真可以居吾
zǐ yǐ suì jū jí mèng zǐ zhǎng xué liù
子矣。”遂居。及孟子长，学六
yì zú chéng dà rú zhī míng jūn zǐ wèi mèng
艺，卒成大儒之名。君子谓孟
mǔ shàn yǐ jiàn huà
母善以渐化⑩。

——《列女传》

注释

①邹：周朝国名，在今天的山东邹城一带。孟轲：即孟子。
②舍：住房。
③踊跃筑埋：乐于从事筑穴埋葬。
④舍：在……安家。
⑤贾人：商人。
⑥炫卖：叫卖。
⑦学宫：古代地方政府设立的学校。
⑧俎豆：俎和豆都是古代祭祀用的器具。
⑨揖让进退：打拱作揖、进退朝堂等礼仪。
⑩渐化：感染教化。

文说

孟母对于三处居所的评价分别是：“此非吾所以居处子”“此非吾所以居处子也”“真可以居吾子矣”。前两次都说“这不是适合我孩子居住的地方”，最后一次说的是“这才是适合我孩子居住的地方啊！”

孟母一直苦苦寻找适合孩子成长的环境，直到搬到学校旁，才放心地居住下来。孟子成为儒家亚圣，一定程度上得益于孟母对他的教育与引导。你能从这篇短文中读出孟母的智慧吗？

劝学

xué ér shí xí zhī

学而时习之

zǐ yuē xué ér shí xí zhī bú

子①曰："学而时习②之，不

yì yuè hū yǒu péng zì yuǎn fāng lái bú yì

亦说③乎？有朋自远方来，不亦

lè hū rén bù zhī ér bú yùn bú yì jūn

乐乎？人不知而不愠④，不亦君

zǐ hū

子乎？"

——《论语·学而》

zǐ yuē zhī zhī zhě bù rú hào zhī zhě hào zhī zhě bù rú lè zhī zhě

子曰："知之者不如好之者，好之者不如乐之者。"

——《论语·雍也》

zǐ yuē mò ér zhì zhī xué ér bú yàn huì rén bú juàn hé yǒu yú wǒ zāi

子曰："默而识⑤之，学而不厌，诲⑥人不倦，何有于我哉⑦？"

——《论语·述而》

注释

①子：《论语》中的"子"大多是指孔子。

②习：复习，练习。

③说：通"悦"。愉快。

④愠：生气。

⑤识：通"志"。记住。

⑥诲：教诲，教导。

⑦何有于我哉：这对我来说有什么困难的呢？

文说

人不是生来就什么都会的，必须依靠学习才能掌握技能，获得知识，积淀智慧。《论语》以《学而》开篇，就是要告诉人们，学习是一件重要的事情。“学不厌”“德不孤”“诲不倦”，贯穿孔子的整个“学习”理念。学习如何才能不厌倦？必然是好之、乐之，真正体验到学习的乐趣；朋友远道来访，因相同的爱好来切磋学问，所以不必担心学习的道路上孤单寂寞；学成了还需要将所学所获传承下去，在教诲弟子时不要怕烦，要有耐心。

xué bù kě yǐ yǐ
学不可以已

jūn zǐ yuē xué bù kě yǐ yǐ
君子曰：学不可以已[1]。
qīng qǔ zhī yú lán ér qīng yú lán bīng
青，取之于蓝而青于蓝[2]；冰，
shuǐ wéi zhī ér hán yú shuǐ mù zhí zhòng shéng
水为之而寒于水。木直中绳[3]，
róu yǐ wéi lún qí qū zhòng guī suī yǒu
輮[4]以为轮，其曲中规[5]。虽有
gǎo pù bú fù tǐng zhě róu shǐ zhī rán
槁暴[6]，不复挺者，輮使之然
yě gù mù shòu shéng zé zhí jīn jiù lì
也。故木受绳[7]则直，金就砺[8]
zé lì jūn zǐ bó xué ér rì cān xǐng hū jǐ
则利，君子博学而日参省乎己[9]，

zé zhì míng ér xíng wú guò yǐ gù bù dēng gāo
则知[10]明而行无过矣。故不登高

shān bù zhī tiān zhī gāo yě bù lín shēn xī
山，不知天之高也；不临深溪[11]，

bù zhī dì zhī hòu yě bù wén xiān wáng zhī yí
不知地之厚也；不闻先王之遗

yán bù zhī xué wèn zhī dà yě
言[12]，不知学问之大也。

——《荀子》

注释

①已：停止。

②青：靛青，一种染料。蓝：蓼蓝，一种可作为染料的草。

③中绳：合乎木匠用来取直的墨线。

④𫐓：同“煣”。用火烘烤使木头弯曲。

⑤其曲中规：弧度符合圆规画的圆。

⑥槁暴：晒干。暴，晒。

⑦受绳：经过墨线比量。

⑧就砺：拿到磨刀石上磨。

⑨参省乎己：检查、省察自己。

⑩知：同“智”。聪明，智慧。

⑪溪：山谷。

⑫遗言：指前贤的遗训。

shì bié sān rì

士别三日

chū quán wèi lǚ méng yuē qīng
初，权①谓吕蒙②曰：“卿

jīn dāng tú zhǎng shì bù kě bù xué méng
今当涂掌事③，不可不学。”蒙

cí yǐ jūn zhōng duō wù quán yuē gū qǐ yù
辞以军中多务。权曰：“孤岂欲

qīng zhì jīng wéi bó shì yé dàn dāng shè liè
卿治经④为博士⑤邪？但当涉猎⑥，

jiàn wǎng shì ěr qīng yán duō wù shú ruò
见往事⑦耳。卿言多务，孰若

gū gū cháng dú shū zì yǐ wéi dà yǒu suǒ
孤？孤常读书，自以为大有所

yì méng nǎi shǐ jiù xué jí lǔ sù guò xún
益。”蒙乃始就学。及鲁肃过寻

yáng yǔ méng lùn yì dà jīng yuē qīng jīn
阳，与蒙论议，大惊曰：“卿今

zhě cái lüè fēi fù wú xià ā méng méng
者才略，非复吴下阿蒙！”蒙

yuē shì bié sān rì jí gēng guā mù xiāng
曰：“士别三日，即更刮目相

dài dà xiōng hé jiàn shì zhī wǎn hū sù
待，大兄何见事⑧之晚乎！”肃

suì bài méng mǔ jié yǒu ér bié
遂拜蒙母，结友而别。

——《资治通鉴》

注释

①权：指孙权，三国时期吴国的建立者。
②吕蒙：三国时吴国名将。
③卿：古代君主对臣子的爱称。当涂掌事：居要职，掌大权。
④治经：研究儒家经典。
⑤博士：古代传授经学的学官。
⑥涉猎：广泛阅读。
⑦见往事：了解历史。
⑧见事：知晓事情。

záo bì tōu guāng

凿壁偷光

kuāng héng zì zhì guī qín xué ér wú

匡衡①字稚圭，勤学而无

zhú lín shè yǒu zhú ér bú dài héng nǎi chuān

烛。邻舍有烛而不逮②，衡乃穿

bì yǐn qí guāng yǐ shū yìng guāng ér dú zhī yì

壁引其光，以书映光而读之。邑③

rén dà xìng wén bù shí jiā fù duō shū

人大姓④，文不识，家富多书，

héng nǎi yǔ qí yōng zuò ér bù qiú cháng zhǔ rén guài

衡乃与其佣作而不求偿。主人怪

wèn héng héng yuē yuàn dé zhǔ rén shū biàn dú

问衡，衡曰：“愿得主人书遍读

zhī zhǔ rén gǎn tàn zī jǐ yǐ shū suì

之。”主人感叹，资给以书，遂

chéng dà xué

成大学⑤。

——《西京杂记》

|注释|

①匡衡：西汉人，汉元帝时担任丞相。

②逮：到，及。这里指蜡烛的光照不到。

③邑：城镇，这里指同乡。

④大姓：大户人家。

⑤大学：大学问家。

bǐng zhú zhī míng

炳烛之明

jìn píng gōng wèn yú shī kuàng yuē

晋平公①问于师旷②曰：

wú nián qī shí yù xué kǒng yǐ mù yǐ

“吾年七十，欲学，恐已暮矣。”

shī kuàng yuē hé bù bǐng zhú hū píng

师旷曰：“何不炳③烛乎？”平

gōng yuē ān yǒu wéi rén chén ér xì qí jūn

公曰：“安有为人臣而戏其君

hū shī kuàng yuē máng chén ān gǎn xì

乎？”师旷曰：“盲臣安敢戏

qí jūn hū chén wén zhī shào ér hào xué rú
其君乎？臣闻之，少而好学，如

rì chū zhī yáng zhuàng ér hào xué rú rì zhōng
日出之阳；壮而好学，如日中

zhī guāng lǎo ér hào xué rú bǐng zhú zhī míng
之光；老而好学，如炳烛之明。

bǐng zhú zhī míng shú yǔ mèi xíng hū píng
炳烛之明，孰与昧行乎④？”平

gōng yuē shàn zāi
公曰：“善哉！”

——《说苑》

注释

①晋平公：春秋时期晋国国君。

②师旷：晋国的一位盲乐师。

③炳：点亮。

④孰与昧行乎：与在昏暗中走路相比哪个好？昧，昏暗。

yú yòu shí jí shì xué

余幼时即嗜①学

yú yòu shí jí shì xué jiā pín wú cóng zhì

余幼时即嗜学。家贫，无从致②

shū yǐ guān měi jiǎ jiè yú cáng shū zhī jiā shǒu zì

书以观，每假借③于藏书之家，手自

bǐ lù jì rì yǐ huán tiān dà hán yàn bīng jiān

笔录，计日以还。天大寒，砚冰坚，

shǒu zhǐ bù kě qū shēn fú zhī dài lù bì zǒu

手指不可屈伸，弗之怠④。录毕，走⑤

sòng zhī bù gǎn shāo yú yuē yǐ shì rén duō yǐ

送之，不敢稍逾约⑥。以是⑦人多以

shū jiǎ yú yú yīn dé biàn guān qún shū

书假余，余因得遍观群书。

——《送东阳马生序》

注释

①嗜：爱好。

②致：得到，获得。

③假借：借。

④弗之怠：不懈怠，不放松抄书这件事。

⑤走：跑。

⑥逾约：超过约定期限。

⑦以是：因此。

惜时

zǐ zài chuān shàng

子在川上[1]

zǐ zài chuān shàng yuē shì zhě rú sī

子在川上曰："逝者如斯

fú bù shě zhòu yè

夫[2]！不舍[3]昼夜。"

——《论语·子罕》

rén shēng tiān dì zhī jiān ruò bái jū zhī
人生天地之间，若白驹之
guò xì hū rán ér yǐ
过郤④，忽然而已。

——《庄子》

注释

①川上：河边。
②斯：这。夫：语气词。
③舍：停留。
④郤：也常作“隙”，空隙。

suì bù wǒ yán

岁不我延①

wù wèi jīn rì bù xué ér yǒu lái rì

勿谓今日不学而有来日，

wù wèi jīn nián bù xué ér yǒu lái nián rì yuè shì

勿谓今年不学而有来年。日月逝

yǐ suì bù wǒ yán wū hū lǎo yǐ shì shéi

矣，岁不我延。呜呼老矣，是谁

zhī qiān

之愆②？

——《劝学文》

|注释|

①岁不我延：即“岁不延我”，时间不等我。延，等待。

②愆：过错。

rì yuè jì wǎng

日月既往

tiān kě bǔ hǎi kě tián nán shān kě

天可补，海可填，南山可

yí rì yuè jì wǎng bù kě fù zhuī qí guò

移，日月既往不可复追。其过

rú sì qí qù rú shǐ suī yǒu dà zhì shén

如驷①，其去如矢②，虽有大智神

yǒng mò kě shéi hé

勇，莫可谁何③？

guāng yīn zhī qiān liú rú cǐ qí zú

……光阴之迁流如此，其足

wèi yě rén gù kě zì xiá yì zāi

畏也。人固④可自暇逸⑤哉？

——《曾文正公文集》

注释

①驷：四匹马拉的车。

②矢：箭。

③莫可谁何：没有谁能做什么。

④固：难道。

⑤暇逸：悠闲逸乐。

文说

曾国藩是中国近代史上一个了不起的人物。他是文人书生，却创立了湘军，立下赫赫战功。更让人钦佩的是，他在繁忙的军务之中，每天坚持读书、写日记，将所思所想及时地记录下来，反省自己，教导子孙，也为后世留下了宝贵的精神财富。

惜时奋进，促使曾国藩一刻也不松懈，建立了卓越的功勋。曾国藩去世之后，得到了“文正”的谥号，这是极高的荣誉。后世因此称其为曾文正公。

立志

shí yòu wǔ ér zhì yú xué

十有[1]五而志于学

zǐ yuē wú shí yòu wǔ ér zhì yú

子曰："吾十有五而志于

xué sān shí ér lì sì shí ér bú huò

学，三十而立[2]，四十而不惑[3]，

wǔ shí ér zhī tiān mìng liù shí ér ěr shùn

五十而知天命，六十而耳顺[4]，

qī shí ér cóng xīn suǒ yù bù yú jǔ

七十而从心所欲，不逾矩[5]。"

——《论语·为政》

注释

①有：通“又”。

②立：立身，有自己的事业。

③惑：迷惑，疑惑。

④耳顺：听得进各种不同的意见。

⑤逾矩：超越规矩、法度。

文说

表面上看，孔子是在讲自己从十五岁到七十岁的人生经历与体会，但从另一个角度，孔子也是在讲述一个人求学上进的阶段和过程。从“十有五而志于学”谈起，孔子强调了“立志”在人一生中的重要性。三十而立的“立”，含有坚定、不动摇的意味。从十五岁“志于学”，再经历十五年的磨炼，这个“志”才立得住。然后每过十年，人生的境界有不同提升，越活越明白，也越活越自在。

kǒng zǐ dēng tài shān

孔子登泰山

kǒng zǐ dēng dōng shān ér xiǎo lǔ dēng

孔子登东山①而小鲁②，登

tài shān ér xiǎo tiān xià gù guān yú hǎi zhě nán wéi

泰山而小天下。故观于海者难为

shuǐ yóu yú shèng rén zhī mén zhě nán wéi yán

水③，游于圣人之门者难为言。

guān shuǐ yǒu shù bì guān qí lán rì yuè yǒu

观水有术，必观其澜④。日月有

míng róng guāng bì zhào yān liú shuǐ zhī wéi wù

明，容光必照焉⑤。流水之为物

yě bù yíng kē bù xíng jūn zǐ zhī zhì yú

也，不盈科⑥不行；君子之志于

dào yě bù chéng zhāng bù dá

道也，不成章⑦不达。

——《孟子·尽心上》

注释

①东山：蒙山，在今天的山东蒙阴南部。

②小：觉得小。鲁：指鲁国。

③难为水：难以被其他水吸引。

④澜：大波浪。

⑤容光必照焉：任何小的缝隙都一定照到。

⑥盈科：盛满水坑。科，洼地。

⑦成章：达到了一定程度。

zhì bú lì

志不立

zhì bú lì tiān xià wú kě chéng zhī

志不立，天下无可成之

shì suī bǎi gōng jì yì wèi yǒu bù běn yú zhì

事。虽百工技艺，未有不本于志

zhě jīn xué zhě kuàng fèi huī duò wán suì kài

者。今学者旷废隳惰[1]，玩岁愒

shí ér bǎi wú suǒ chéng jiē yóu yú zhì zhī

时[2]，而百无所成，皆由于志之

wèi lì ěr gù lì zhì ér shèng zé shèng yǐ

未立耳。故立志而圣则圣矣；

lì zhì ér xián zé xián yǐ zhì bú lì rú
立志而贤则贤矣。志不立，如
wú duò zhī zhōu wú xián zhī mǎ piāo dàng bēn
无舵之舟，无衔③之马，漂荡奔
yì zhōng yì hé suǒ dǐ hū
逸，终亦何所底乎？

——《教条示龙场诸生》

注释

①旷废：荒废。隳惰：懈怠。
②玩岁愒时：贪图安逸，虚度时光。愒，荒废。
③衔：马嚼子，套在马嘴上用以驾驭马。

文说

古人有“立大志，成大事”之说，王阳明说“志不立，如无舵之舟，无衔之马”，“立志”是学习和成事之基，没有志向，人生就会失去方向，无法前行。而有了坚定的志向，自然方向明确，百折不回，最终达到理想的彼岸。你的志向是什么呢？不妨静下心来好好想想。

jiè zǐ shū

诫子书

fú jūn zǐ zhī xíng jìng yǐ xiū shēn jiǎn
夫君子之行，静以修身，俭
yǐ yǎng dé fēi dàn bó wú yǐ míng zhì fēi níng
以养德。非淡泊无以明志，非宁
jìng wú yǐ zhì yuǎn fú xué xū jìng yě cái xū
静无以致远。夫学须静也，才须
xué yě fēi xué wú yǐ guǎng cái fēi zhì wú
学也，非学无以广才①，非志无
yǐ chéng xué yín màn zé bù néng lì jīng
以成学。淫慢②则不能励精③，
xiǎn zào zé bù néng zhì xìng nián yǔ shí chí
险躁④则不能治性⑤。年与时驰，
yì yǔ rì qù suì chéng kū luò duō bù jiē shì
意与日去，遂成枯落，多不接世⑥，
bēi shǒu qióng lú jiāng fù hé jí
悲守穷庐⑦，将复何及！

——《诸葛亮集》

注释

①广才：增长才干。
②淫慢：放纵懈怠。
③励精：振奋精神。
④险躁：轻薄浮躁。
⑤治性：修养心性。
⑥接世：接触世事，为社会所用。
⑦穷庐：破落的房屋。

文说

在这篇家书中，诸葛亮告诫儿子要执守“静”与“俭”，用以“修身”与“养德”。以“静”治“躁”，则心气平和，自然能妥善地处理好各种矛盾。以“俭”养“德”，则能宽厚包容，不慕浮华，自然高尚脱俗。这些是中国文化的精髓所在。

诸葛亮深知身为蜀国丞相之子或多或少会有一些优越感，于是便以自己的经历和经验告诉儿子，不要骄奢淫逸，浪费大好光阴，最终一事无成。

这短短八十六个字的家书，言简意赅，说理透彻。其中“非……无以……”的句式，更加坚定话语的力量，试着体会体会吧。

bān chāo yǒu dà zhì

班超①有大志

bān chāo yǒu dà zhì bù xiū xì jié

（班超）有大志，不修细节。

jiā pín cháng wéi guān yōng shū yǐ gōng

家贫，常为官佣书②以供

yǎng jiǔ láo kǔ cháng chuò yè tóu bǐ tàn

养，久劳苦。尝辍③业投笔叹

yuē dà zhàng fu wú tā zhì lüè yóu dāng

曰：“大丈夫无他志略，犹当

xiào fù jiè zǐ zhāng qiān lì gōng yì yù yǐ

效傅介子、张骞④立功异域，以

qǔ fēng hóu，ān néng jiǔ shì bǐ yàn jiān hū

取封侯，安能久事笔砚间乎？”

zuǒ yòu jiē xiào zhī。chāo yuē：“xiǎo zǐ ān

左右⑤皆笑之。超曰：“小子安

zhī zhuàng shì zhì zāi

知壮士志哉？”

——《后汉书》

注释

①班超：东汉名将，曾奉命出使西域。

②为官佣书：被官府雇用抄写文书。

③辍：停止。

④傅介子、张骞：均为西汉著名使节。

⑤左右：身边的人。

jūn zǐ zhī lì zhì

君子之立志

jūn zǐ zhī lì zhì yě, yǒu mín bāo wù yǔ

君子之立志也，有民胞物与①

zhī liàng, yǒu nèi shèng wài wáng zhī yè, ér hòu

之量，有内圣外王②之业，而后

bù tiǎn yú fù mǔ zhī suǒ shēng, bú kuì wéi tiān

不忝③于父母之所生，不愧为天

dì zhī wán rén. gù qí wéi yōu yě, yǐ bù rú

地之完人。故其为忧也，以不如

shùn bù rú zhōu gōng wéi yōu yě, yǐ dé bù xiū

舜不如周公④为忧也，以德不修

xué bù jiǎng wéi yōu yě.

学不讲⑤为忧也。

——《曾国藩家书》

注释

①民胞物与：指泛爱万民万物。

②内圣外王：指内备圣人之德、外具王者之风。

③忝：有愧。

④舜、周公：均是上古圣王。

⑤讲：熟练。

言行

míng zhèng yán shùn

名正言顺

zǐ yuē kě yǔ yán ér bù yǔ yán

子曰："可与言而不与言，

shī rén bù kě yǔ yán ér yǔ zhī yán shī

失人①；不可与言而与之言，失

yán zhì zhě bù shī rén yì bù shī yán

言②。知③者不失人，亦不失言。"

——《论语·卫灵公》

zǐ yuē míng bú zhèng zé yán bú
子曰："名不正，则言不
shùn yán bù shùn zé shì bù chéng shì bù
顺；言不顺，则事不成；事不
chéng zé lǐ yuè bù xīng lǐ yuè bù xīng zé
成，则礼乐不兴；礼乐不兴，则
xíng fá bù zhōng xíng fá bù zhōng zé mín wú
刑罚不中④；刑罚不中，则民无
suǒ cuò shǒu zú gù jūn zǐ míng zhī bì kě yán
所错⑤手足。故君子名之必可言
yě yán zhī bì kě xíng yě jūn zǐ yú qí
也，言之必可行也。君子于其
yán wú suǒ gǒu ér yǐ yǐ
言，无所苟⑥而已矣。"

——《论语·子路》

注释

①失人：指错过人才。
②失言：指说了不该说的话。
③知：同"智"。
④中：恰当，得当。
⑤错：同"措"。安置。
⑥苟：随便，将就。

文说

言，说也。心中所想，口中所出，看似简单，实则大有学问。首先，哪些话可说，哪些话不可说，要分辨清楚；其次，要考虑时机是否恰当，对象是否恰当。不能以“心直口快”为借口而逞一时之快，给别人，也给自己带来困扰。所以说君子要“谨言慎行”，三年学说话，一生学闭嘴。

此外，孔子主张“名正言顺”，把“正名”放到了“言”之前。那么，孔子为什么这么重视“正名”之事，名、言、行之间又有什么关联？这值得我们细细品味。

sān sī ér hòu xíng
三思而后行

zǐ yuē jūn zǐ yù nè yú yán ér
子曰："君子欲讷①于言而
mǐn yú xíng
敏于行。"

——《论语·里仁》

jì wén zǐ sān sī ér hòu xíng zǐ wén
季文子②三思而后行。子闻
zhī yuē zài sī kě yǐ
之，曰："再③，斯可矣。"

——《论语·公冶长》

zǐ yuē hào xué jìn hū zhì lì
子曰："好学近乎知④，力
xíng jìn hū rén zhī chǐ jìn hū yǒng zhī sī sān
行近乎仁，知耻近乎勇。知斯三
zhě zé zhī suǒ yǐ xiū shēn zhī suǒ yǐ xiū
者，则知所以修身；知所以修
shēn zé zhī suǒ yǐ zhì rén zhī suǒ yǐ zhì
身，则知所以治人；知所以治
rén zé zhī suǒ yǐ zhì tiān xià guó jiā yǐ
人，则知所以治天下国家矣。"

——《中庸》

注释

①讷：说话迟钝。

②季文子：指鲁国大夫季孙行父。

③再：两次。

④知：同"智"。智慧。

zhì zhě bù yán

知①者不言

zhì zhě bù yán yán zhě bú zhì sè qí

知者不言，言者不知。塞其

duì bì qí mén cuò qí ruì jiě qí fēn

兑②，闭其门，挫其锐③，解其纷④，

hé qí guāng tóng qí chén shì wèi xuán tóng

和其光，同其尘⑤，是谓玄同⑥。

——《道德经》

hé bào⑦ zhī mù, shēng yú háo mò⑧; jiǔ
合抱⑦之木，生于毫末⑧；九

céng zhī tái, qǐ yú lěi tǔ; qiān lǐ zhī xíng,
层之台，起于累土；千里之行，

shǐ yú zú xià.
始于足下。

——《道德经》

注释

①知：同“智”。

②兑：和后文的“门”一样都用来指代耳目口鼻等感官。

③锐：锋芒。

④纷：纷争。

⑤和其光，同其尘：指不露锋芒，与世无争的处事态度。

⑥玄同：玄妙齐同的境界。

⑦合抱：形容树木粗壮。

⑧毫末：细小的萌芽。

文说

老子认为，善于言说、口若悬河的人，不见得是智者。因为智者知晓“道”的妙用，只是默默地遵循规律去做，从不多言。而整天喋喋不休的人，自以为了解了“道”的精微妙处，其实他“不知”。智者，沉静而有力量。真正的智者，往往看上去并不张扬，收敛自身的光芒，隐藏于茫茫人海之中。他们把握了宇宙的大道，洞悉了人生的真理，经历了生活的磨炼，才有这样的境界与收获。

但要达到这样的境界，并不能停留于空想，也无法速成，而应一步一步地前进，就像一颗种子生根、发芽，最终才能长成一棵参天大树。任何一件大事都是从小事开始的，日积月累会产生意想不到的变化。

duō yán yǒu yì hū

多言有益乎

qín zǐ wèn yuē duō yán yǒu yì hū

禽子[1]问曰：“多言有益乎？”

mò zǐ yuē há ma wā yíng rì

墨子曰：“虾蟆[2]蛙蝇，日

yè ér míng shé gān pì rán ér bù tīng

夜而鸣。舌干擗[3]，然而不听。

jīn hè jī shí yè ér míng tiān xià zhèn dòng duō

今鹤鸡时夜而鸣，天下振动。多

yán hé yì wéi qí yán zhī shí yě

言何益？唯其言之时也。”

——《墨子》

注释

①禽子：墨子的学生。
②虾蟆：即蛤蟆。
③擗：剖开。

文说

墨子是诸子百家中墨家的代表人物，他倡导兼爱非攻，务实地处理各种问题与矛盾。为了说明言多无益的道理，墨子打了个比方，以蛤蟆、苍蝇的叫声来说明，虽噪声不断，叫得口干舌燥，然而没有人去听。雄鸡只在早晨太阳刚出来时啼叫，就把天下的人都叫醒了。两相对比自然就明白了，“言”要精、要准，要在适当的时机说出适当的话，否则不但无益，可能还会惹人讨厌，所以说话不可不慎。

xíng ér néng zhī
行而能知

jí zhī ér hòu zhī lǚ zhī ér hòu jiān
“及之而后知，履之而后艰”，
wū yǒu bù xíng ér néng zhī zhě hū
乌①有不行而能知者乎？
pī wǔ yuè zhī tú yǐ wéi zhī shān bù
……披②五岳之图以为知山，不
rú qiáo fū zhī yì zú tán cāng míng zhī guǎng yǐ wéi
如樵夫之一足；谈沧溟③之广以为
zhī hǎi bù rú gū kè zhī yì piē shū bā zhēn zhī
知海，不如估客④之一瞥；疏八珍之
pǔ yǐ wéi zhī wèi bù rú páo dīng zhī yí chuò
谱⑤以为知味，不如庖丁⑥之一啜⑦。

——《默觚上·学篇二》

注释

①乌：哪里。

②披：指翻阅。

③沧溟：沧海，大海。

④估客：商人。

⑤疏八珍之谱：分条陈述各种佳肴的菜谱。

⑥庖丁：厨师。

⑦一啜：尝一口。

师友

sān rén xíng bì yǒu wǒ shī

三人行必有我师

zǐ yuē sān rén xíng bì yǒu wǒ shī

子曰："三人行，必有我师

yān zé qí shàn zhě ér cóng zhī qí bú shàn

焉。择其善者[1]而从之，其不善

zhě ér gǎi zhī

者而改之。"

——《论语·述而》

zēng zǐ yuē　　jūn zǐ yǐ wén huì yǒu
曾子曰："君子以文会友，
yǐ yǒu fǔ rén
以友辅仁。"

——《论语·颜渊》

kǒng zǐ yuē yì zhě sān yǒu sǔn zhě

孔子曰：“益者三友，损者

sān yǒu yǒu zhí yǒu liàng yǒu duō wén

三友。友直，友谅②，友多闻③，

yì yǐ yǒu pián pì yǒu shàn róu yǒu pián

益矣；友便辟④，友善柔⑤，友便

nìng sǔn yǐ

佞⑥，损矣。”

——《论语·季氏》

注释

①善者：好的方面，优点。

②谅：诚信。

③多闻：博学多闻，知识渊博。

④便辟：谄媚逢迎。

⑤善柔：善于阿谀奉承。

⑥便佞：花言巧语。

与善人居

yǔ shàn rén jū

yǔ shàn rén jū rú rù zhī lán zhī shì jiǔ ér bù wén qí xiāng jí yǔ zhī huà yǐ yǔ bú shàn rén jū rú rù bào yú zhī sì jiǔ ér bù wén qí chòu yì yǔ zhī huà yǐ dān zhī suǒ cáng zhě chì qī zhī suǒ cáng zhě hēi shì yǐ jūn zǐ bì shèn qí suǒ yǔ chǔ zhě yān

与善人居，如入芝兰之室，久而不闻其香，即与之化矣。与不善人居，如入鲍鱼之肆[①]，久而不闻其臭，亦与之化矣。丹[②]之所藏者赤，漆[③]之所藏者黑。是以君子必慎其所与处者焉。

——《孔子家语》

注释

①肆：店铺。

②丹：朱砂，一种矿物，可作红色染料。

③漆：漆树皮中提炼的涂料。

gǔ zhī xué zhě bì yǒu shī

古之学者必有师

gǔ zhī xué zhě bì yǒu shī shī zhě suǒ
古之学者必有师。师者，所
yǐ chuán dào shòu yè jiě huò yě rén fēi shēng ér
以传道受业解惑也。人非生而
zhī zhī zhě shú néng wú huò huò ér bù cóng
知之者，孰能无惑？惑而不从
shī qí wéi huò yě zhōng bù jiě yǐ
师，其为惑也[1]，终不解矣。

shēng hū wú qián qí wén dào yě gù xiān
生乎吾前，其闻道也固[2]先

hū wú wú cóng ér shī zhī shēng hū wú hòu

乎吾，吾从而师之；生乎吾后，

qí wén dào yě yì xiān hū wú wú cóng ér shī

其闻道也亦先乎吾，吾从而师

zhī wú shī dào yě fú yōng zhī qí nián

之。吾师道也③，夫庸④知其年

zhī xiān hòu shēng yú wú hū shì gù wú guì wú

之先后生于吾乎？是故无贵无

jiàn wú zhǎng wú shào dào zhī suǒ cún shī

贱，无长无少，道之所存，师

zhī suǒ cún yě

之所存也。

——《师说》

注释

①其为惑也：那些成为困惑的问题。

②固：本来。

③吾师道也：我学习的是道。师，学习。

④庸：难道。

chéng mén lì xuě

程门立雪

yáng shí jiàn chéng yí yú luò shí

（杨时）见程颐于洛①。时

gài nián sì shí yǐ yí rì jiàn yí yí ǒu

盖②年四十矣。一日见颐，颐偶

míng zuò shí yǔ yóu zuò shì lì bú qù yí

瞑③坐，时与游酢④侍立不去。颐

jì jiào zé mén wài xuě shēn yì chǐ yǐ

既觉⑤，则门外雪深一尺矣。

——《宋史》

注释

①杨时、程颐：均是北宋时大儒。程颐是杨时的老师。
②盖：大概。
③瞑：闭眼，指闭目养神。
④游酢：也是程颐的弟子。
⑤觉：睡醒。

文说

人到中年的杨时，去拜见他的老师程颐时，为了不打扰老师休息，静静地在外面等候。等程颐醒来，门外的积雪已经有一尺深了。作为尊师重教的典范，“程门立雪”一直被人们津津乐道。敬重对方的学问，自然产生敬畏之心，而不会任意而为。这是一种礼貌，更是一种态度。当时的杨时，在学问上已有相当高的造诣，却依然谦虚谨慎，尊师重道。程颐被杨时求学的态度打动，将毕生所学倾囊相授。杨时更是潜心钻研，取得了应有的成就。

guǎn níng gē xí

管宁①割席

guǎn níng huà xīn gòng yuán zhōng chú cài

管宁、华歆②共园中锄菜，

jiàn dì yǒu piàn jīn guǎn huī chú yǔ wǎ shí bú

见地有片金，管挥锄与瓦石不

yì huà zhuō ér zhì qù zhī yòu cháng tóng xí

异，华捉而掷③去之。又尝同席

dú shū yǒu chéng xuān miǎn guò mén zhě níng dú

读书，有乘轩冕④过门者，宁读

rú gù xīn fèi shū chū kàn níng gē xí fēn

如故，歆废⑤书出看。宁割席分

zuò yuē zǐ fēi wú yǒu yě

坐曰："子非吾友也！"

——《世说新语》

注释

①管宁：汉末隐士。

②华歆：汉末名士。

③捉：拾取。掷：扔。

④轩冕：卿大夫乘坐的大车。

⑤废：搁，放下。

诚信

chéng zhě tiān zhī dào

诚者天之道

chéng zhě tiān zhī dào yě chéng zhī

诚者，天之道也；诚之

zhě rén zhī dào yě chéng zhě bù miǎn ér

者，人之道也。诚者，不勉而

zhòng bù sī ér dé cóng róng zhòng dào shèng

中①，不思而得，从容中道，圣

rén yě chéng zhī zhě zé shàn ér gù zhí zhī zhě

人也。诚之者，择善而固执之者

yě bó xué zhī shěn wèn zhī shèn sī zhī

也。博学之，审问之，慎思之，

míng biàn zhī dǔ xíng zhī

明辨之，笃②行之。

——《中庸》

注释

①不勉而中：不必勉强就能做事合理。
②笃：专一。

文说

《中庸》是儒家经典“四书”之一，因为成书的年代比较久远，言辞深奥，所以更需要细细品味，不放一字。这段话中“诚”与“诚之”虽相近，但意思却不同。“诚”是相对天来说的。天道至诚，真实且自然，容不下一丝虚妄。而“诚之”，则是相对于人来说的，是人为了效法天道、追求至诚而努力付出，自然就是“人道”了。可以这么理解，“诚”是理想，是目标；“诚之”是追求，是靠近。

“诚”是理想的境界，是古人所讲的圣人的境界。普通人要追求这种理想境界，要怎么做呢？这段文字给出了五种具体的方式。仔细读一读，体会这五种方式具体的含义，想一想，它们之间的顺序可以调换吗？

tiān xià zhì chéng

天下至诚

zì chéng míng wèi zhī xìng zì míng

自诚明[1]，谓之性[2]。自明

chéng wèi zhī jiào chéng zé míng yǐ míng

诚[3]，谓之教[4]。诚则明矣，明

zé chéng yǐ

则诚矣。

——《中庸》

wéi tiān xià zhì chéng　wéi néng jìn qí xìng
唯天下至诚，为能尽其性；
néng jìn qí xìng　zé néng jìn rén zhī xìng　néng jìn
能尽其性，则能尽人之性；能尽
rén zhī xìng　zé néng jìn wù zhī xìng　néng jìn wù
人之性，则能尽物之性；能尽物
zhī xìng　zé kě yǐ zàn　tiān dì zhī huà yù
之性，则可以赞⑤天地之化育⑥；
kě yǐ zàn tiān dì zhī huà yù　zé kě yǐ yǔ tiān
可以赞天地之化育，则可以与天
dì cān　yǐ
地参⑦矣。

——《中庸》

注释

①诚明：至诚之心和完美的德行。
②性：天性。
③明诚：明白道理，产生诚心。
④教：教化。
⑤赞：辅助。
⑥化育：养育万物。
⑦参：并列。

jūn zǐ shèn dú

君子慎独

suǒ wèi chéng qí yì zhě wú zì qī

所谓诚其意者，毋自欺

yě rú wù è xiù rú hào hǎo sè

也。如恶①恶臭，如好好色②，

cǐ zhī wèi zì qiè gù jūn zǐ bì shèn qí dú

此之谓自慊③。故君子必慎其独

yě xiǎo rén xián jū wéi bú shàn wú suǒ bú

也。小人闲居为不善④，无所不

zhì jiàn jūn zǐ ér hòu yā rán yǎn qí bú

至，见君子而后厌然⑤，掩其不

shàn ér zhù qí shàn rén zhī shì jǐ rú

善，而著⑥其善。人之视己，如

jiàn qí fèi gān rán zé hé yì yǐ cǐ wèi chéng

见其肺肝然，则何益矣。此谓诚

yú zhōng xíng yú wài gù jūn zǐ bì shèn qí dú

于中，形于外，故君子必慎其独

yě zēng zǐ yuē shí mù suǒ shì shí shǒu

也。曾子曰：“十目所视，十手

suǒ zhǐ qí yán hū fù rùn wū dé

所指，其严⑦乎！”富润屋⑧，德

rùn shēn xīn guǎng tǐ pán gù jūn zǐ bì

润身⑨，心广体胖⑩，故君子必

chéng qí yì

诚其意。

——《大学》

注释

①恶：厌恶。

②好色：美色。

③慊：满足。

④小人闲居为不善：没有道德修养的人独居的时候做不好的事。

⑤厌然：躲闪逃避的样子。

⑥著：使……明显。

⑦严：严厉，严峻。

⑧润屋：修饰房屋。

⑨润身：修养自身。

⑩心广体胖：心胸开阔，外貌安详。

文说

“自欺”指违背自己的内心，对自己不诚实。但人是骗不了自己的。就好比面对恶臭，自然厌恶掩鼻；面对美色，自然想多看几眼一样，这都是人最真实的反应。追随内心最真实的反应，而获得的自得、自足的状态，就叫“自慊”。

诚不诚实，别人也许不知道，但自己内心最明白，这是“自欺”和“自慊”的差别，也是善与恶的分界。

所以一个人提高自身修养的办法之一就是，发现“自欺”，一定要竭力禁止；发现“自慊”，就要加以培养，不能有一丝一毫的放松，这便是慎独的功夫。独处时，因为觉得没有人看见，就把不好的一面一一展现出来，但是一遇到君子就会竭力地隐藏，装出一副善良的模样。这是小人的心态和行为。但无论如何掩饰，别人也能一目了然。因为“恶”是掩盖不了的，“善”也是伪装不来的。有一颗不好的心在内，自然有不好的行为表露在外；反过来，如果有一颗诚实善良的心在内，自然由内而外散发出善良亲和的气息。

rén ér wú xìn, bù zhī qí kě
人而无信，不知其可

zǐ yuē: "rén ér wú xìn, bù zhī qí kě yě. dà chē wú ní, xiǎo chē wú yuè, qí hé yǐ xíng zhī zāi?"

子曰："人而无信，不知其可也。大车无輗，小车无軏[1]，其何以行之哉？"

——《论语·为政》

zǐ gòng wèn yuē: "hé rú sī kě wèi zhī shì yǐ?" zǐ yuē: "xíng jǐ yǒu chǐ, shǐ yú sì fāng, bù rǔ jūn mìng, kě wèi shì yǐ."

子贡问曰："何如斯可谓之士矣？"子曰："行己有耻[2]，使于四方，不辱君命，可谓士矣。"

yuē: "gǎn wèn qí cì." yuē: "zōng zú chēng xiào yān, xiāng dǎng chēng tì yān."

曰："敢问其次。"曰："宗族称孝焉，乡党[3]称弟[4]焉。"

yuē gǎn wèn qí cì yuē
曰：“敢问其次。”曰：

yán bì xìn xíng bì guǒ kēng kēng rán xiǎo
“言必信，行必果，硁硁然⑤小

rén zāi yì yì kě yǐ wéi cì yǐ
人哉！——抑⑥亦可以为次矣。”

yuē jīn zhī cóng zhèng zhě hé rú
曰：“今之从政者何如？”

zǐ yuē yī dǒu shāo zhī rén hé zú
子曰：“噫！斗筲⑦之人，何足

suàn yě
算也？”

——《论语·子路》

|注释|

①輗、軏：古代车辆上的装置。
②行己有耻：人有羞耻心，凡是认为可耻的事就不做。
③乡党：乡里，家乡。
④弟：同“悌”。敬爱兄长。
⑤硁硁然：固执的样子。
⑥抑：表示转折，但。
⑦斗、筲：古代量具，容量很小，用于比喻，形容气量狭小或才识短浅。

zēng zǐ shā zhì

曾子杀彘[1]

zēng zǐ zhī qī zhī shì qí zǐ suí zhī

曾子之妻之[2]市，其子随之

ér qì qí mǔ yuē rǔ huán gù fǎn

而泣。其母曰："女[3]还，顾反

wèi rǔ shā zhì shì shì lái zēng zǐ yù bǔ

为女杀彘。"适市来，曾子欲捕

zhì shā zhī qī zhǐ zhī yuē tè yǔ yīng

彘杀之，妻止之曰："特[4]与婴

ér xì ěr zēng zǐ yuē yīng ér fēi

儿[5]戏[6]耳。"曾子曰："婴儿非

yǔ xì yě yīng ér fēi yǒu zhì yě dài fù
与戏也。婴儿非有知⑦也，待父
mǔ ér xué zhě yě tīng fù mǔ zhī jiào jīn zǐ
母而学者也，听父母之教。今子
qī zhī shì jiào zǐ qī yě mǔ qī zǐ zǐ
欺之，是教子欺也。母欺子，子
ér bú xìn qí mǔ fēi suǒ yǐ chéng jiào yě
而不信其母，非所以成教也。”
suì pēng zhì yě
遂烹彘也。

——《韩非子》

注释

①曾子：孔子弟子。彘：猪。
②之：到……去。
③女：同“汝”。你。
④特：只是。
⑤婴儿：小孩子。
⑥戏：开玩笑。
⑦知：同“智”。这里指小孩子不懂事。

魏文侯[1]期猎

wèi wén hóu qī liè

魏文侯与虞人[2]期猎[3]。明日，会[4]天疾风，左右[5]止。文侯不听，曰："不可。以风疾之故而失信，吾不为也。"遂自驱车往，犯风而罢虞人[6]。

wèi wén hóu yǔ yú rén qī liè míng rì huì tiān jí fēng zuǒ yòu zhǐ wén hóu bù tīng yuē bù kě yǐ fēng jí zhī gù ér shī xìn wú bù wéi yě suì zì qū chē wǎng fàn fēng ér bà yú rén

——《韩非子》

注释

①魏文侯：战国时期魏国的开国君主。

②虞人：掌管山泽的官。

③期猎：约定时间打猎。

④会：适逢，赶上。

⑤左右：身边的侍从。

⑥犯风而罢虞人：冒着风告诉虞人打猎的事作罢。

修己

xiū jǐ yǐ jìng

修己以敬

zǐ lù wèn jūn zǐ　zǐ yuē　xiū jǐ

子路问君子。子曰："修己

yǐ jìng　yuē　rú sī ér yǐ hū

以敬。"曰："如斯而已乎？"

yuē　xiū jǐ yǐ ān rén　yuē　rú

曰："修己以安人。"曰："如

sī ér yǐ hū　yuē　xiū jǐ yǐ ān bǎi

斯而已乎？"曰："修己以安百

xìng　yáo shùn qí yóu bìng　zhū

姓，尧舜其犹病[1]诸？"

——《论语·宪问》

zǐ gòng wèn yuē yǒu yì yán ér kě yǐ
子贡问曰："有一言而可以
zhōng shēn xíng zhī zhě hū zǐ yuē qí
终身行之者乎？"子曰："其
shù hū jǐ suǒ bú yù wù shī yú rén
恕②乎！己所不欲，勿施于人。"

——《论语·卫灵公》

zǐ yuē qí shēn zhèng bú lìng ér
子曰："其身正，不令③而
xíng qí shēn bú zhèng suī lìng bù cóng
行；其身不正，虽④令不从。"

——《论语·子路》

注释

①病：担忧。指尧舜做到也很难。

②恕：用自己的心来理解别人的心。

③令：下命令。

④虽：即使。

jiàn xián sī qí
见贤思齐

zǐ yuē jiàn xián sī qí yān jiàn bù
子曰："见贤思齐焉，见不
xián ér nèi zì xǐng yě
贤而内自省也。"

——《论语·里仁》

zēng zǐ yuē wú rì sān xǐng wú
曾子曰："吾日三省①吾
shēn wèi rén móu ér bù zhōng hū yǔ péng yǒu
身：为人谋而不忠乎？与朋友
jiāo ér bú xìn hū chuán bù xí hū
交而不信乎？传②不习乎？"

——《论语·学而》

zǐ yuē dé zhī bù xiū yě xué zhī
子曰："德之不修也，学之
bù jiǎng yě wén yì bù néng xǐ yě bú shàn
不讲也，闻义不能徙[3]也，不善
bù néng gǎi yě shì wú yōu yě
不能改也，是吾忧也。"

——《论语·述而》

注释

①三省：多次进行自我检查。

②传：老师传授的知识。

③徙：迁移，靠近。

hào rán zhī qì

浩然之气

gǎn wèn fū zǐ wū hū cháng yuē

"敢问夫子恶①乎长？"曰：

wǒ zhī yán wǒ shàn yǎng wú hào rán zhī qì

"我知言，我善养吾浩然之气。"

gǎn wèn hé wèi hào rán zhī qì

"敢问何谓浩然之气？"

yuē nán yán yě qí wéi qì yě zhì dà

曰："难言也。其为气也，至大

zhì gāng yǐ zhí yǎng ér wú hài zé sè yú tiān

至刚，以直养而无害，则塞于天

dì zhī jiān qí wéi qì yě pèi yì yǔ dào
地之间。其为气也，配义与道；

wú shì něi yě shì jí yì suǒ shēng zhě
无是，馁②也。是集义所生者，

fēi yì xí ér qǔ zhī yě xíng yǒu bú qiè yú
非义袭③而取之也。行有不慊④于

xīn zé něi yǐ
心，则馁矣。”

——《孟子·公孙丑上》

注释

①恶：哪里。

②馁：空虚。

③义袭：义偶然从外进入内心。

④慊：满足。

文说

孟子善于雄辩，所以读《孟子》，常常能感受到他有力的言论。而孟子自己津津乐道的，除了自己的滔滔雄辩之才外，便是“善养浩然之气”。

“浩然之气”比较玄妙，它看不到，摸不着，但是能感受得到，就像我们常说的“正气”一样。所以孟子自己也说不清楚，只能说它“至大至刚”，合乎道，合乎义，是充满仁义、正义的“正气”。养气是日积月累的功夫，依靠自己的点滴积累，聚沙成塔，而不依靠外在的力量。

在这段文字之后，有一个非常有名的成语故事——揠苗助长。借由这个故事，孟子想要说明，要遵循规律，一点一滴地耕耘、付出，坚持不懈地“集义”，才能养成如此凛然的“浩然之气”。

chì zǐ zhī xīn

赤子①之心

mèng zǐ yuē dà rén zhě bù shī qí

孟子曰："大人者，不失其

chì zǐ zhī xīn zhě yě

赤子之心者也。"

——《孟子·离娄下》

gù shì qióng bù shī yì dá bù lí dào

故士穷不失义，达不离道。

qióng bù shī yì gù shì dé jǐ yān dá bù lí

穷不失义，故士得己焉；达不离

dào gù mín bù shī wàng yān gǔ zhī rén dé

道，故民不失望焉。古之人，得

zhì zé jiā yú mín bù dé zhì xiū shēn

志，泽②加于民；不得志，修身

xiàn yú shì qióng zé dú shàn qí shēn dá zé

见于世。穷③则独善其身，达则

jiān shàn tiān xià

兼善天下。

——《孟子·尽心上》

注释

①赤子：刚出生的婴儿。

②泽：恩泽。

③穷：不得志。

wǔ sè lìng rén mù máng

五色令人目盲

wǔ sè lìng rén mù máng wǔ yīn lìng rén ěr lóng wǔ wèi lìng rén kǒu shuǎng chí chěng tián liè lìng rén xīn fā kuáng nán dé zhī huò lìng rén xíng fáng shì yǐ shèng rén wèi fù bú wèi mù gù qù bǐ qǔ cǐ

五色令人目盲；五音令人耳聋；五味令人口爽[1]；驰骋畋猎[2]，令人心发狂；难得之货，令人行妨[3]。是以圣人为腹不为目[4]，故去彼取此。

dà chéng ruò quē qí yòng bú bì

大成[5]若缺，其用不弊[6]。

dà yíng ruò chōng qí yòng bù qióng dà zhí ruò

大盈若冲[7]，其用不穷。大直若

qū dà qiǎo ruò zhuō dà biàn ruò nè zào

屈，大巧若拙，大辩若讷[8]。躁

shèng hán jìng shèng rè qīng jìng wéi tiān xià zhèng

胜寒，静胜热。清静为天下正。

——《道德经》

注释

①爽：差错，失误。

②畋猎：打猎。

③行妨：行为损害别人的利益。

④为腹不为目：只求安饱，不求声色之娱。

⑤成：完满。

⑥弊：衰竭，停止。

⑦冲：空虚。

⑧讷：说话笨拙。

文说

你一定听说过“眼花缭乱”这个词语吧，这个词语的意思是眼睛看见复杂纷繁的东西而感到迷乱。这与老子所讲的“五色令人眼盲”有着相似之义。老子认为，向外追求“五色”“五音”“五味”，乃至为“名”为“利”而奔走，渐渐地就会迷失本心，就如一个喜欢吃辣的人，一旦食物中缺少了辣味，便觉得索然无味，提不起兴趣，因为他已经被辣味所吸引，关注不到食物本来的味道了。眼睛向外看，被五光十色的景象，喧闹、嘈杂的外在环境所影响，我们便失去了自由。就如有了手机后，人与人之间虽然沟通起来更加方便，但手机却占用了人太多的时间，我们反而失去了往日的悠闲和独处的自由。老子的智慧真是千古不衰呀。

yòu zuò zhī qì
宥坐之器[1]

kǒng zǐ guān yú lǔ huán gōng zhī miào yǒu
孔子观于鲁桓公[2]之庙，有
qī qì yān kǒng zǐ wèn yú shǒu miào zhě yuē
攲器[3]焉，孔子问于守庙者曰：
cǐ wéi hé qì shǒu miào zhě yuē cǐ
“此为何器？”守庙者曰：“此
gài wéi yòu zuò zhī qì kǒng zǐ yuē wú
盖为宥坐之器。”孔子曰：“吾
wén yòu zuò zhī qì zhě xū zé qī zhōng zé
闻宥坐之器者，虚则攲[4]，中则
zhèng mǎn zé fù
正，满则覆[5]。”

kǒng zǐ gù wèi dì zǐ yuē zhù shuǐ
孔子顾谓弟子曰：“注水

yān dì zǐ yì shuǐ ér zhù zhī zhōng ér
焉。”弟子挹水[6]而注之。中而
zhèng mǎn ér fù xū ér qī kǒng zǐ kuì rán
正，满而覆，虚而攲，孔子喟然
ér tàn yuē xū wū yǒu mǎn ér bú fù
而叹曰：“吁！恶[7]有满而不覆
zhě zāi
者哉！”

zǐ lù yuē gǎn wèn chí mǎn yǒu dào
子路曰：“敢问持满有道
hū kǒng zǐ yuē cōng míng shèng zhī
乎？”孔子曰：“聪明圣知，
shǒu zhī yǐ yú gōng bèi tiān xià shǒu zhī yǐ
守之以愚；功被天下，守之以
ràng yǒng lì fǔ shì shǒu zhī yǐ qiè fù
让；勇力抚世[8]，守之以怯，富
yǒu sì hǎi shǒu zhī yǐ qiān cǐ suǒ wèi yì ér
有四海，守之以谦：此所谓挹而
sǔn zhī zhī dào yě
损之之道也。”

——《荀子》

注释

①宥坐之器：放于座位右边，用于警诫自己的器具。
②鲁桓公：春秋时期鲁国国君。
③欹器：古代一种计时用具。
④欹：倾斜。
⑤覆：倾倒。
⑥挹水：舀水。
⑦恶：怎么，哪。
⑧抚世：盖世。

文说

欹器原本是一种古老的计时器。使用欹器时，不断往里面注水，到一定程度它便会倾覆，倾覆后再注水，人们通过记录倾覆的次数来计时，后来人们从“水满则覆”中悟出了处世之道，并将欹器置于座位右边，以此提醒自己要时刻注意为人处世的中正。就欹器的状态来说，“虚”与“满”都是极端的状态，唯有“中”才是最佳的状态，孔子开导弟子说“以愚”“以让”“以怯”“以谦”，看上去是退让、保守，实质是执守中道的进取，永葆最佳的状态。

míng míng dé yú tiān xià

明明德[1]于天下

gǔ zhī yù míng míng dé yú tiān xià zhě

古之欲明明德于天下者，

xiān zhì qí guó yù zhì qí guó zhě xiān qí qí

先治其国；欲治其国者，先齐其

jiā yù qí qí jiā zhě xiān xiū qí shēn

家；欲齐其家者，先修其身；

yù xiū qí shēn zhě xiān zhèng qí xīn yù zhèng

欲修其身者，先正其心；欲正

qí xīn zhě xiān chéng qí yì yù chéng qí yì

其心者，先诚其意；欲诚其意

zhě xiān zhì qí zhī zhì zhī zài gé wù

者，先致其知；致知在格物②。

wù gé ér hòu zhī zhì zhī zhì ér hòu yì

物格而后知至，知至而后意

chéng yì chéng ér hòu xīn zhèng xīn zhèng ér hòu

诚，意诚而后心正，心正而后

shēn xiū shēn xiū ér hòu jiā qí jiā qí ér hòu

身修，身修而后家齐，家齐而后

guó zhì guó zhì ér hòu tiān xià píng

国治，国治而后天下平。

——《大学》

注释

①明：弘扬。明德：光明的德行。

②格物：探究事物的原理。

jīn zhī shào nián

今之少年

shào nián xū cháng yǒu yí piàn chūn nuǎn zhī

少年须常有一片春暖之

yì rú zhí wù cóng dì zhuó chū tiān qì hún hán

意，如植物从地茁出。天气浑含[1]，

zhǐ zī gēn tǔ měi mēn chūn róng jué wú diāo

只滋根土，美闷春融[2]，绝无雕

jié zì huì fā shēng shèng dà

节[3]，自会发生盛大。

jīn zhī shào nián wǎng wǎng qíng bù zú ér
今之少年，往往情不足而

zhì yǒu yú fā xiè duō qí běn dì dān
智有余，发泄多岐[4]，本地[5]单

bó zhuān lì wèi jǐ shì yì dài rén zhǎn zhuǎn
薄。专力为己，饰意待人，展转[6]

xiào mó rén gè zì wéi guò shī mò zhī
效摹，人各自为，过失莫知，

huàn nàn mò jiù zhí luò suì shì jìng chéng gū

患难莫救，殖落岁逝⑦，竟成孤

lì qiān nián zhī mù huā jìn yì zhāo liáng

立。千年之木，华⑧尽一朝，良

kě xī yě

可惜也。

——《示儿婿》

注释

①浑含：指天气阴雨迷蒙。

②美闷春融：春风和暖，促进植物生长。

③雕节：人工雕饰。

④发泄多岐：指容易多想，走上歧路。

⑤本地：根基。

⑥展转：反复。

⑦殖落岁逝：指机会随岁月逝去。

⑧华：同“花”。

为学

wēn gù ér zhī xīn

温故而知新

zǐ yuē wēn gù ér zhī xīn kě yǐ

子曰："温故而知新，可以

wéi shī yǐ

为师矣。"

——《论语·为政》

zǐ yuē xué ér bù sī zé wǎng

子曰："学而不思则罔①，

sī ér bù xué zé dài

思而不学则殆②。"

——《论语·为政》

zǐ gòng wèn yuē kǒng wén zǐ hé yǐ

子贡问曰：“孔文子③何以

wèi zhī wén yě zǐ yuē mǐn

谓之‘文’④也？”子曰：“敏⑤

ér hào xué bù chǐ xià wèn shì yǐ wèi zhī

而好学，不耻下问，是以谓之

wén yě

‘文’也。”

——《论语·公冶长》

注释

①罔：通“惘”。迷惑，迷茫。

②殆：疑惑。

③孔文子：卫国大夫，谦虚而好学。

④文：孔文子的谥号。

⑤敏：勤勉。

jìn xué zhī dào

进学之道

shàn xué zhě shī yì ér gōng bèi yòu

善学者，师逸[1]而功倍，又

cóng ér yōng zhī bú shàn xué zhě shī qín ér

从而庸[2]之。不善学者，师勤而

gōng bàn yòu cóng ér yuàn zhī shàn wèn zhě rú

功半，又从而怨之。善问者如

gōng jiān mù xiān qí yì zhě hòu qí jié mù

攻坚木，先其易者，后其节目[3]，

jí qí jiǔ yě xiāng tuō yǐ jiě bú shàn wèn

及其久也，相说[4]以解。不善问

zhě fǎn cǐ shàn dài wèn zhě rú zhuàng zhōng kòu

者反此。善待问[5]者如撞钟，叩

zhī yǐ xiǎo zhě zé xiǎo míng kòu zhī yǐ dà zhě zé

之以小者则小鸣，叩之以大者则

dà míng dài qí cóng róng rán hòu jìn qí shēng bú

大鸣，待其从容然后尽其声。不

shàn dá wèn zhě fǎn cǐ cǐ jiē jìn xué zhī dào yě

善答问者反此。此皆进学之道也。

——《礼记·学记》

注释

①逸：安闲，安逸。这里指费力小。

②庸：功劳。指归功于老师。

③节目：关节。指木头坚硬的关节处。

④说：通“脱”。

⑤待问：回答问题。

文说

人们都希望“事半而功倍”，但现实中往往“事倍而功半”，究其原因，在《礼记·学记》中早有解释。“善学”“善问”“善待问”，这个“善”字是重点，指要得法。“学”有法，求学的过程不仅能更加轻松，学有所获，还能维持良好和谐的师生关系。“问”有法，如伐木，先易后难，循序渐进，自然水到渠成。“待问”，意思是回答问题。善于回答问题的人，就如撞钟，轻重缓急，从容不迫。这三者结合起来，才是最好的进学状态。

tiān xià shì yǒu nán yì hū

天下事有难易乎

tiān xià shì yǒu nán yì hū wéi zhī zé

天下事有难易乎？为之，则

nán zhě yì yì yǐ bù wéi zé yì zhě yì nán

难者亦易矣；不为，则易者亦难

yǐ rén zhī wéi xué yǒu nán yì hū xué zhī

矣。人之为学有难易乎？学之，

zé nán zhě yì yì yǐ bù xué zé yì zhě yì

则难者亦易矣；不学，则易者亦

nán yǐ

难矣。

——《为学一首示子侄》

xí guàn shuō

习惯说

róng shào shí dú shū yǎng huì táng zhī

（蓉）①少时读书养晦堂之

xī piān yí shì fǔ ér dú yǎng ér sī sī

西偏一室，俯而读，仰而思，思

yǒu fú dé zhé qǐ rào shì yǐ xuán shì yǒu

有弗得，辄起绕室以旋②。室有

wā jìng chǐ jìn yín rì guǎng měi lǚ zhī

洼径尺③，浸淫日广，每履之，

zú kǔ zhì yān jì jiǔ ér suì ān zhī

足苦踬④焉。既久而遂安之。

yí rì xiān jūn zǐ lái shì zhōng zuò

一日，先君子⑤来室中，坐

yǔ jiǔ zhī gù ér xiào yuē yí shì zhī bú

语久之，顾而笑曰：“一室之不

zhì hé jiā guó tiān xià zhī wéi gù wèi

治，何家国天下之为？”顾谓

tóng zǐ qǔ tǔ píng zhī sì fù qǐ xuán lǚ

童子取土平之。嗣⑥复起旋，履

qí jì cù rán yǐ jīng rú tǔ hū lóng qǐ

其迹，蹴然⑦以惊，如土忽隆起

zhě fǔ shì dì tǎn rán zé jì píng yǐ yǐ
者。俯视地，坦然则既平矣。已
ér fù rán yòu jiǔ ér hòu ān zhī
而复然，又久而后安之。

yú shì zuò ér tàn yuē xí zhī zhòng
于是作而叹曰：习之中
rén shèn zāi zú zhī lì píng dì ér bù yǔ wā
人，甚哉！足之利平地而不与洼
shì yě jí qí jì jiǔ zé wā zhě ruò píng
适也，及其既久，则洼者若平。
bú dài mù yǔ dì zhǔ xīn yǔ zú móu ér
不待目与地属[8]，心与足谋，而
zì shì qí shì zhì shǐ fǎn ér jí hū qí gù
自适其适。至使反而即乎其故，
zé fǎn zhì yān zī jū ér bù níng qǐ fēi
则反窒[9]焉，趑趄[10]而不宁。岂非
xìng suí xí yì yǐ shī qí gù qū zāi
性随习易，以失其故趋哉？

——《刘蓉集》

注释

①蓉：刘蓉，清朝文学家。
②旋：转身。这里指在屋内走来走去。
③径尺：直径一尺。
④蹶：绊倒。
⑤先君子：对父亲的尊称。
⑥嗣：随后。
⑦蹴然：局促不安的样子。
⑧属：同“瞩”。看。
⑨窒：阻碍。
⑩趑趄：犹豫不前的样子。

文说

习惯，对一个人有着非常重要的影响。清代的刘蓉就谈了自己的切身感受。小时候，他的书房外有一处大坑，起初，走路总觉得不方便，可是时间久了，就慢慢地习惯了。后来他的父亲命人将坑填平，本以为会感到舒服些，哪知道走上去却觉得像走到了隆起的土堆上，原来是习惯在“作怪”。刘蓉不由得感慨，习惯对一个人而言太重要了。不平而平，平而不平，都是长时间点滴积累而成的习惯，所以君子学习要谨慎，从小养成好习惯，这样才不容易走弯路。

精进

kǒng zǐ xué gǔ qín

孔子学鼓琴

kǒng zǐ xué gǔ qín shī xiāng zǐ shí rì
孔子学鼓琴师襄子，十日
bú jìn shī xiāng zǐ yuē kě yǐ yì yǐ
不进①。师襄子曰：“可以益②矣。”
kǒng zǐ yuē qiū yǐ xí qí qǔ yǐ wèi
孔子曰：“丘已习其曲矣，未
dé qí shù yě yǒu jiān yuē yǐ
得其数③也。”有间④，曰：“已
xí qí shù kě yǐ yì yǐ kǒng zǐ yuē
习其数，可以益矣。”孔子曰：
qiū wèi dé qí zhì yě yǒu jiān
“丘未得其志⑤也。”有间，
yuē yǐ xí qí zhì kě yǐ yì yǐ
曰：“已习其志，可以益矣。”
kǒng zǐ yuē qiū wèi dé qí wéi rén yě
孔子曰：“丘未得其为人⑥也。”
yǒu jiān yǒu suǒ mù rán shēn sī yān yǒu suǒ yí
有间，有所穆然深思焉，有所怡

rán gāo wàng ér yuǎn zhì yān yuē qiū dé qí
然高望而远志焉，曰：“丘得其

wéi rén àn rán ér hēi qí rán ér cháng
为人，黯然而黑，几然⑦而长，

yǎn rú wàng yáng rú wàng sì guó fēi wén
眼如望羊⑧，如王四国⑨，非文

wáng qí shéi néng wéi cǐ yě shī xiāng zǐ bì
王其谁能为此也！”师襄子辟

xí zài bài yuē shī gài yún wén wáng
席⑩再拜，曰：“师盖云《文王

cāo yě
操》也。”

——《史记》

|注释|

①进：前进，指学习新曲。
②益：增加，同指学习新曲。
③数：演奏的技巧。
④有间：过了一段时间。
⑤志：志趣，意旨。
⑥为人：指作曲的人。
⑦几然：身长的样子。几，同“颀”，长。
⑧望羊：也作“望洋”，远视的样子。
⑨如王四国：好像是统治四方诸侯的天子。
⑩辟席：避席，离席而起，表示敬意。辟，同“避”。

文说

孔子被尊为“万世师表”。他不仅是万千老师的表率，也是学生的表率。孔子学琴的故事非常有代表性。从学琴这件事，可以看出他做任何事都是循序渐进、锲而不舍的。他是先做好“学生”，然后才成为“老师”的。

孔子学琴非常认真，对自己要求很高。老师师襄子说可以开始学另一首曲子了，但孔子认为自己还没有学会目前这首曲子，绝不能半途而废。孔子不断地深入练习，从会弹到掌握技巧，进而领会曲中的意趣，进而通过演奏而发现了曲子的作者，最终达到人与曲相通的神奇境界，令人惊讶，更让人赞叹。

孔子之所以成为“集大成者”，就在于他认真对待所学，精进不懈。无论学琴、习礼，还是驾车、射击，孔子都是保持这样的态度。圣贤的教诲，不仅仅在言语中，更在行动中。

最后请你思考，当孔子说“我还不知道作者是谁”时，知道答案的师襄子为什么不直接告诉他呢？

xuē tán xué ōu

薛谭学讴

xuē tán xué ōu yú qín qīng wèi qióng qīng
薛谭学讴于秦青①，未穷青
zhī jì zì wèi jìn zhī suì cí guī qín
之技，自谓尽之，遂辞归。秦
qīng fú zhǐ jiàn yú jiāo qú fǔ jié bēi
青弗止。饯②于郊衢③，抚节④悲
gē shēng zhèn lín mù xiǎng è xíng yún xuē
歌，声振林木，响遏行云⑤。薛
tán nǎi xiè qiú fǎn zhōng shēn bù gǎn yán guī
谭乃谢⑥求返，终身不敢言归。

——《列子》

注释

①薛谭、秦青：均为战国时歌者。讴：歌唱。
②饯：用酒食送行。
③郊衢：城外的大道。
④抚节：击节，打节拍。
⑤响遏行云：形容歌声响亮动听，使云停止不前。
⑥谢：道歉。

bù kě yí rì ér xī

不可一日而息

yí kè ér xī zé sì shí bù dé qí

一刻而息，则四时不得其

píng wàn wù bù dé qí shēng gài qí suǒ rèn

平，万物不得其生，盖其所任①

zhě zhòng yǐ rén zhī yǒu jūn zǐ yě qí rèn

者重矣。人之有君子也，其任

yì zhòng yǐ wàn shì zhī suǒ zhì wàn wù zhī

亦重矣。万世之所治，万物之

suǒ lì gù yuē zì qiáng bù xī yòu yuē

所利，故曰“自强不息”，又曰

sǐ ér hòu yǐ zhě qí zhī suǒ rèn yǐ rán

“死而后已”者，其知所任矣。然

zé jūn zǐ zhī xué yě qí kě yí rì xī hū

则君子之学也，其可一日息乎？

——《杂说》

注释

①任：承担的责任。

君子

jūn zǐ bú qì

君子不器

zǐ yuē jūn zǐ bú qì

子曰："君子不器[①]。"

——《论语·为政》

zǐ yuē zhì shèng wén zé yě wén shèng zhì zé shǐ wén zhì bīn bīn rán hòu jūn zǐ

子曰："质胜文则野[②]，文胜质则史[③]。文质彬彬[④]，然后君子。"

——《论语·雍也》

zǐ yuē jūn zǐ dào zhě sān wǒ wú

子曰："君子道者三，我无

néng yān rén zhě bù yōu zhì zhě bú huò yǒng

能焉：仁者不忧，知者不惑，勇

zhě bú jù zǐ gòng yuē fū zǐ zì

者不惧。"子贡曰："夫子自

dào yě

道⑤也。"

——《论语·宪问》

|注释|

①器：这里指像器皿一样，只有固定用途。

②野：粗俗。

③史：虚浮。

④文质彬彬：这里指人既文雅又朴实。

⑤自道：自己对自己的描述。

jūn zǐ tǎn dàng dàng

君子坦荡荡

zǐ yuē jūn zǐ tǎn dàng dàng xiǎo rén cháng qī qī

子曰：“君子坦荡荡，小人长戚戚[1]。”

——《论语·述而》

zǐ yuē jūn zǐ chéng rén zhī měi bù chéng rén zhī è xiǎo rén fǎn shì

子曰：“君子成人之美，不成人之恶。小人反是。”

——《论语·颜渊》

zǐ yuē jūn zǐ hé ér bù tóng

子曰："君子和②而不同③，

xiǎo rén tóng ér bù hé

小人同而不和。"

——《论语·子路》

zǐ yuē jūn zǐ gù qióng xiǎo rén

子曰："君子固④穷，小人

qióng sī làn yǐ

穷斯滥⑤矣。"

——《论语·卫灵公》

注释

①戚戚：忧惧忧伤的样子。

②和：和谐，恰到好处。

③同：盲目附和。

④固：固守，安守。

⑤滥：胡作非为。

jūn zǐ yǒu sān lè

君子有三乐

jūn zǐ yǒu sān lè ér wàng tiān xià bù

君子有三乐，而王①天下不

yǔ cún yān fù mǔ jù cún xiōng dì wú gù

与存焉。父母俱存，兄弟无故，

yī lè yě yǎng bú kuì yú tiān fǔ bú zuò

一乐也；仰不愧于天，俯不怍②

yú rén èr lè yě dé tiān xià yīng cái ér jiào

于人，二乐也；得天下英才而教

yù zhī sān lè yě

育之，三乐也。

——《孟子·尽心上》

|注释|

①王：称王。

②怍：惭愧。

shì jūn zǐ zhī róng

士君子之容

shì jūn zǐ zhī róng qí guān jùn qí
士君子之容：其冠进①，其
yī féng qí róng liáng yǎn rán zhuàng rán
衣逢②，其容良，俨然，壮然，
qí rán sì rán huī huī rán guǎng guǎng
祺然③，蕼然④，恢恢然，广广
rán zhāo zhāo rán dàng dàng rán shì fù xiōng
然，昭昭然，荡荡然，是父兄
zhī róng yě qí guān jùn qí yī féng qí róng
之容也。其冠进，其衣逢，其容
què jiǎn rán shì rán fǔ rán duān
悫⑤；俭然，恀然⑥，辅然⑦，端
rán zǐ rán dòng rán zhuì zhuì rán
然⑧，訾然⑨，洞然⑩，缀缀然⑪，
mào mào rán shì zǐ dì zhī róng yě
瞀瞀然⑫，是子弟之容也。

——《荀子》

注释

①进：通“峻”。高耸，挺立。

②逢：宽大。

③祺然：安详的样子。
④蕼然：宽舒的样子。
⑤悫：诚实。
⑥栘然：依赖尊长的样子。栘，依赖。
⑦辅然：亲近的样子。
⑧端然：端正的样子。
⑨訾然：勤勉的样子。
⑩洞然：恭敬的样子。
⑪缀缀然：不背离的样子。
⑫瞀瞀然：不敢正视的样子。

文说

古代圣贤推崇君子，因为君子身上具有许多高尚的品格，人心向往，力行到达。

孔子向往的君子，是以“仁”为标准的。“坦荡荡”“成人之美”“和而不同”“文质彬彬”，兼具“仁、智、勇”，不固化，有不断发展的空间与机会，是一切美德的源泉与基础。

孟子向往的君子，是以“义”来衡量的。父母兄弟相伴，问心无愧天地，得英才而教，都是君子当为、应为的事情，豪情万丈的孟子当然以此为乐。

荀子向往的君子，是以“礼”来规范的。从外表、衣着、气度等方面规范了什么样的人应该有什么样的修饰打扮，什么样的态度样貌。

你向往的君子，又是什么样的呢？

kǒng zǐ guān shuǐ
孔子观水

kǒng zǐ guān yú dōng liú zhī shuǐ zǐ gòng
孔子观于东流之水。子贡
wèn yuē jūn zǐ suǒ jiàn dà shuǐ bì guān yān
问曰："君子所见大水必观焉，
hé yě
何也？"

kǒng zǐ duì yuē yǐ qí bù xī
孔子对曰："以其不息，
qiě biàn yǔ zhū shēng ér bù wéi yě fú shuǐ yǒu
且遍与诸生而不为①也，夫水有
sì hū dé qí liú yě zé bēi xià jù gōu
似乎德；其流也，则卑下倨拘②
bì xún qí lǐ sì yì hào hào hū wú jué
必循其理③，似义；浩浩乎无屈④

jìn zhī qī cǐ sì dào liú xíng fù bǎi rèn
尽之期，此似道；流行赴百仞⑤
zhī xī ér bú jù cǐ sì yǒng zhì liàng bì píng
之溪而不惧，此似勇；至量必平
zhī cǐ sì fǎ shèng ér bù qiú gài cǐ sì
之，此似法；盛而不求概，此似
zhèng chuò yuē wēi dá cǐ sì chá fā yuán bì
正；绰约微达，此似察；发源必
dōng cǐ sì zhì yǐ chū yǐ rù wàn wù jiù
东，此似志；以出以入，万物就
yǐ huà jié cǐ sì shàn huà yě shuǐ zhī dé
以化絜⑥，此似善化也。水之德
yǒu ruò cǐ shì gù jūn zǐ jiàn bì guān yān
有若此，是故君子见必观焉。”

——《孔子家语》

注释

①不为：不认为有功。

②倨拘：弯曲。

③理：纹理，这里指河道、水道。

④屈：竭尽，穷尽。

⑤百仞：形容很高。

⑥絜：同“洁”。清洁。

仁义

kè jǐ fù lǐ

克己复礼①

yán yuān wèn rén zǐ yuē kè jǐ fù
颜渊问仁。子曰："克己复
lǐ wéi rén yí rì kè jǐ fù lǐ tiān xià guī
礼为仁。一日克己复礼，天下归
rén yān wéi rén yóu jǐ ér yóu rén hū zāi
仁焉。为仁由己，而由人乎哉？"

yán yuān yuē qǐng wèn qí mù zǐ
颜渊曰："请问其目。"子
yuē fēi lǐ wù shì fēi lǐ wù tīng fēi
曰："非礼勿视，非礼勿听，非
lǐ wù yán fēi lǐ wù dòng
礼勿言，非礼勿动。"

yán yuān yuē huí suī bù mǐn qǐng
颜渊曰："回虽不敏②，请
shì sī yǔ yǐ
事斯语矣③。"

——《论语·颜渊》

注释

①克己复礼：克制自己的私欲，使言行举止合乎礼节。
②敏：聪敏。
③请事斯语矣：请让我按照这句话去做吧。事，从事。

文说

孔子对弟子颜回是这样讲“仁”的——“克己复礼”。克制自己的欲望，规范自己的言语行为，使言行都合于“礼”。“礼”不仅仅是礼仪规范，更是天地间的至道真理的代表，也是人自身无私无邪天性的体现。克制自我，反倒使人顺应了天道，成全了真正的自我。这四个字，微言大义，意蕴深长。

如何修“仁”，全在自己。孔子总结为，不合乎“礼”的不看、不听、不说、不做。这四点听上去很容易，但做起来却是极难的。若是能做到这些，自然能达到“仁”的境界。

bó xué dǔ zhì
博学笃志

zǐ yuē gāng yì mù nè
子曰："刚、毅、木、讷[①]

jìn rén
近仁。"

——《论语·子路》

zǐ xià yuē bó xué ér dǔ zhì
子夏曰："博学而笃志[②]，

qiè wèn ér jìn sī rén zài qí zhōng yǐ
切[③]问而近思[④]，仁在其中矣。"

——《论语·子张》

zǐ zhāng wèn rén yú kǒng zǐ kǒng zǐ
子张问仁于孔子。孔子
yuē néng xíng wǔ zhě yú tiān xià wéi rén
曰：“能行五者于天下，为仁
yǐ qǐng wèn zhī yuē gōng
矣。”“请问之。”曰：“恭、
kuān xìn mǐn huì gōng zé bù wǔ
宽、信、敏、惠⑤。恭则不侮，
kuān zé dé zhòng xìn zé rén rèn yān mǐn zé yǒu
宽则得众，信则人任焉，敏则有
gōng huì zé zú yǐ shǐ rén
功，惠则足以使人。”

——《论语·阳货》

注释

①刚：刚强。毅：果断。木：质朴。讷：言语谨慎。
②笃志：志向坚定。
③切：恳切。
④近思：考虑当前的问题。
⑤惠：慈惠，给人恩惠。

wēn liáng zhě rén zhī běn

温良者，仁之本

wēn liáng zhě rén zhī běn yě jìng shèn

温良者，仁之本也；敬慎①

zhě rén zhī dì yě kuān yù zhě rén zhī

者，仁之地②也；宽裕者，仁之

zuò yě xùn jiē zhě rén zhī néng yě lǐ

作也；孙③接者，仁之能也；礼

jié zhě rén zhī mào yě yán tán zhě rén zhī

节者，仁之貌也；言谈者，仁之

wén yě gē yuè zhě rén zhī hé yě fēn sàn

文也；歌乐者，仁之和也；分散④

zhě rén zhī shī yě rú jiē jiān cǐ ér yǒu
者，仁之施也。儒皆兼此而有

zhī yóu qiě bù gǎn yán rén yě qí zūn ràng yǒu
之，犹且不敢言仁也：其尊让有

rú cǐ zhě
如此者。

——《礼记·儒行》

注释

①敬慎：恭敬谨慎。

②地：实践。

③孙：通“逊”。谦逊。

④分散：分散财物，接济穷人。

rén zhě ài rén

仁者爱人

jūn zǐ suǒ yǐ yì yú rén zhě yǐ qí
君子所以异于人者，以其
cún xīn yě jūn zǐ yǐ rén cún xīn yǐ lǐ cún
存心也。君子以仁存心，以礼存
xīn rén zhě ài rén yǒu lǐ zhě jìng rén ài
心。仁者爱人，有礼者敬人。爱
rén zhě rén héng ài zhī jìng rén zhě rén héng
人者，人恒爱之；敬人者，人恒
jìng zhī
敬之。

——《孟子·离娄下》

wàn wù jiē bèi yú wǒ yǐ fǎn shēn ér
万物皆备于我①矣。反身②而

chéng lè mò dà yān qiǎng shù ér xíng qiú
诚，乐莫大焉。强恕③而行，求

rén mò jìn yān
仁莫近焉。

——《孟子·尽心上》

注释

①万物皆备于我：指一切我都具备了。

②反身：反省自己。

③强恕：尽力以自己的心推想别人的心。

cè yǐn zhī xīn

恻隐之心[1]

cè yǐn zhī xīn rén jiē yǒu zhī xiū wù

恻隐之心，人皆有之；羞恶

zhī xīn rén jiē yǒu zhī gōng jìng zhī xīn rén

之心，人皆有之；恭敬之心，人

jiē yǒu zhī shì fēi zhī xīn rén jiē yǒu zhī

皆有之；是非之心，人皆有之。

cè yǐn zhī xīn rén yě xiū wù zhī xīn yì

恻隐之心，仁也；羞恶之心，义

yě gōng jìng zhī xīn lǐ yě shì fēi zhī

也；恭敬之心，礼也；是非之

xīn zhì yě rén yì lǐ zhì fēi yóu wài shuò
心，智也。仁义礼智，非由外铄[②]
wǒ yě wǒ gù yǒu zhī yě fú sī ěr yǐ
我也，我固有之也，弗思耳矣。

——《孟子·告子上》

注释

①恻隐之心：指见人遭遇不幸，而生不忍、同情之心。
②铄：渗入，授予。

文说

孟子提倡“人之初，性本善”。他认为“仁、义、礼、智”是为人最重要的特性。孟子用“恻隐之心”“羞恶之心”“恭敬之心”“是非之心”来形象地说明人人都具备这些，无须从外寻得，而是要向内寻找。这段文字用短句排比，朗朗上口，很有特色，适合大声朗读，你在不知不觉中便能背诵下来。原来，人人都能成为圣贤，并不是纸上谈兵的空话。

tiān xiáng lín xíng

天祥[①]临刑

tiān xiáng lín xíng shū cóng róng wèi lì zú

天祥临刑殊从容，谓吏卒

yuē wú shì bì yǐ nán xiàng bài

曰：“吾事毕矣。”南乡拜[②]

ér sǐ shù rì qí qī ōu yáng shì shōu qí shī

而死。数日，其妻欧阳氏收其尸，

miàn rú shēng nián sì shí qī qí yī dài zhōng yǒu

面如生，年四十七。其衣带中有

zàn yuē kǒng yuē chéng rén mèng yuē qǔ yì

赞[③]曰：“孔曰成仁，孟曰取义。

wéi qí yì jìn suǒ yǐ rén zhì dú shèng xián shū

惟其义尽，所以仁至。读圣贤书，

suǒ xué hé shì ér jīn ér hòu shù jī wú kuì

所学何事？而今而后，庶几[④]无愧。”

——《宋史》

注释

①天祥：即文天祥，南宋名将。

②南乡拜：指向南方的君亲拜别。乡，通“向”。

③赞：一种文体，以称颂人物为主。

④庶几：差不多。

礼乐

yuè zhě tiān dì zhī hé
乐者，天地之和

yuè zhě tiān dì zhī hé yě lǐ zhě
乐者，天地之和也；礼者，
tiān dì zhī xù yě hé gù bǎi wù jiē huà
天地之序也。和，故百物皆化；
xù gù qún wù jiē bié yuè yóu tiān zuò lǐ
序，故群物皆别。乐由天作，礼
yǐ dì zhì guò zhì zé luàn guò zuò zé bào
以地制。过制则乱，过作则暴。
míng yú tiān dì rán hòu néng xīng lǐ yuè yě
明于天地，然后能兴礼乐也。

——《礼记·乐记》

tiān gāo dì xià wàn wù sàn shū ér
天高地下，万物散殊[①]，而
lǐ zhì xíng yǐ liú ér bù xī hé tóng ér
礼制行矣。流而不息，合同而
huà ér yuè xīng yān chūn zuò xià zhǎng rén
化，而乐兴焉。春作夏长，仁
yě qiū liǎn dōng cáng yì yě rén jìn yú
也；秋敛[②]冬藏，义也。仁近于
yuè yì jìn yú lǐ
乐，义近于礼。

——《礼记·乐记》

注释

①散殊：各不相同，各有分别。

②敛：收。

文说

天行在上，地载于下，四季更替，生生不息。万物虽各不相同，但都有自己运行的轨迹与变化的规律。人作为天地之灵长，应该顺应天地，与天合一。于是古圣先贤依据天地运行的规律，制礼作乐，开启了中国灿烂的礼乐文明。

万物调和，一起演化，“乐”就兴起了。“乐”的重点在于“和”，作用是增进和同，把不同的声音，和谐统一在一起，悦耳动听。而“礼”的作用则是区别差异，在事物的错综复杂之中，建立起稳定的秩序，使之不再零散杂乱。

“乐由天作，礼以地制。”礼，是规范；乐，是调和。没有“礼”的约束，“乐”会没有节制，容易导致“乐极生悲”；没有“乐”的调节，“礼”会流于形式，无法让人从内心亲近起来。所以说，礼乐兴，则天下太平。你想，当我们心情愉悦，按着章法做事干活儿时，效率肯定不会低，平日里看不顺眼的事情，也变得亲切许多了。是不是这个道理？

lǐ yǐ jiào rén

礼以教人

shì yǐ jūn zǐ gōng jìng zǔn jié tuì ràng

是以君子恭敬、撙节[1]、退让

yǐ míng lǐ yīng wǔ néng yán bù lí fēi niǎo

以明礼。鹦鹉能言，不离飞鸟；

xīng xing néng yán bù lí qín shòu jīn rén ér wú

猩猩能言，不离禽兽。今人而无

lǐ suī néng yán bú yì qín shòu zhī xīn hū

礼，虽能言，不亦禽兽之心乎？

fú wéi qín shòu wú lǐ gù fù zǐ jù yōu

夫唯禽兽无礼，故父子聚麀[2]。

shì gù shèng rén zuò wéi lǐ yǐ jiào rén shǐ rén
是故圣人作，为礼以教人，使人
yǐ yǒu lǐ zhī zì bié yú qín shòu
以有礼，知自别于禽兽。

——《礼记·曲礼上》

注释

①撙节：约束，抑制。

②父子聚麀：指禽兽父子共有一个雌兽。麀，泛指母兽。

入其国，其教①可知

入其国，其教可知也。其为人也，温柔敦厚，《诗》教也；疏通知远②，《书》教也；广博易良③，《乐》教也；絜静精微④，《易》教也；恭俭庄敬，《礼》教也；属辞比事⑤，《春秋》教也。

——《礼记·经解》

注释

①教：教化。

②疏通知远：通达史实，了解世事。

③易良：性情和顺。

④絜：同“洁”。洁净，纯洁。精微：细心，细致。

⑤属辞比事：连缀文辞，排比史事。

文说

读书可以改变一个人的气质。一部经典好书，对人的影响是巨大的。《诗经》使人温和柔顺、朴实忠厚；《尚书》让人能够从历史中获得经验和教训；《乐经》教人心胸广阔坦荡；《易经》使人学会简洁沉静、洞察细微；《礼记》教人端庄恭敬；《春秋》则让人善于辞令和铺叙。从另一个角度也可以看出，“六经”中每一部经典的侧重点、教化作用不同。从这些要点出发去读经典，可以起到事半功倍的效果。

kǒng lǐ guò tíng

孔鲤过庭

chén gāng wèn yú bó yú yuē zǐ

陈亢①问于伯鱼②曰："子

yì yǒu yì wén hū

亦有异闻③乎？"

duì yuē wèi yě cháng dú lì lǐ

对曰："未也。尝独立，鲤

qū ér guò tíng yuē xué shī hū

趋④而过庭。曰：'学《诗》乎？'

duì yuē wèi yě bù xué shī

对曰：'未也。''不学《诗》，

wú yǐ yán lǐ tuì ér xué shī tā

无以言。'鲤退而学《诗》。他

rì yòu dú lì lǐ qū ér guò tíng yuē

日，又独立，鲤趋而过庭，曰：

xué lǐ hū duì yuē wèi

‘学《礼》乎？’对曰：‘未

yě bù xué lǐ wú yǐ lì

也。’‘不学《礼》，无以立。’

lǐ tuì ér xué lǐ wén sī èr zhě

鲤退而学礼。闻斯二者。”

chén gāng tuì ér xǐ yuē wèn yī dé

陈亢退而喜曰：“问一得

sān wén shī wén lǐ yòu wén

三，闻《诗》，闻《礼》，又闻

jūn zǐ zhī yuǎn qí zǐ yě

君子之远其子也。”

——《论语·季氏》

注释

①陈亢：春秋末年陈国人。

②伯鱼：即孔鲤，孔子的儿子，字伯鱼。

③异闻：不同的见闻。

③趋：小步快走，表示恭敬。

家国

tiān xià guó jiā
天下国家

mèng zǐ yuē rén yǒu héng yán jiē
孟子曰：“人有恒言，皆
yuē tiān xià guó jiā tiān xià zhī běn zài
曰‘天下国家’。天下之本在
guó guó zhī běn zài jiā jiā zhī běn zài shēn
国，国之本在家，家之本在身。”

——《孟子·离娄上》

héng qú sì jù

横渠四句

héng qú xiān sheng shào xǐ tán bīng

（横渠）先生[1]少喜谈兵，

běn tuò chí háo zòng shì yě chū shòu cái yú fàn

本跅弛[2]豪纵士也。初受裁[3]于范

wén zhèng suì fān rán zhī xìng mìng zhī qiú yòu

文正，遂翻然[4]知性命之求，又

chū rù yú fó lǎo zhě lěi nián jì qiē cuō

出入于佛、老[5]者累年，继切磋

yú èr chéng zǐ dé guī wú dào zhī zhèng qí

于二程子[6]，得归吾道之正。其

jīng sī lì jiàn yì rán yǐ shèng rén zhī yì wéi

精思力践，毅然以圣人之诣[7]为

bì kě zhì sān dài zhī zhì wéi bì kě fù cháng

必可至，三代之治为必可复。尝

yǔ yún wèi tiān dì lì xīn wèi shēng mín lì

语云：“为天地立心，为生民立

mìng wèi wǎng shèng jì jué xué wèi wàn shì kāi

命，为往圣继绝学，为万世开

tài píng zì rèn zhī zhòng rú cǐ

太平。”自任之重如此。

——《宋元学案·横渠学案》

注释

①横渠先生：指张载，北宋大儒。

②跅弛：不受拘束。

③受裁：点拨。

④翻然：形容改变得快而彻底。

⑤佛、老：佛家和道家思想。

⑥二程子：指北宋大儒程颢、程颐兄弟。

⑦诣：学问、思想等达到的境界。

tiān xià xīng wáng pǐ fū yǒu zé

天下兴亡，匹夫有责

yǒu wáng guó yǒu wáng tiān xià wáng guó
有亡国，有亡天下。亡国
yǔ wáng tiān xià xī biàn yuē yì xìng gǎi
与亡天下奚①辨？曰：易姓改
hào wèi zhī wáng guó rén yì chōng sè ér
号，谓之亡国；仁义充塞②，而
zhì yú shuài shòu shí rén rén jiāng xiāng shí wèi
至于率兽食人③，人将相食，谓
zhī wáng tiān xià
之亡天下。

shì gù zhī bǎo tiān xià rán hòu zhī bǎo qí

是故知保天下，然后知保其

guó bǎo guó zhě qí jūn qí chén ròu shí zhě

国。保国者，其君其臣肉食者[4]

móu zhī bǎo tiān xià zhě pǐ fū zhī jiàn yǔ

谋之；保天下者，匹夫之贱，与

yǒu zé yān ěr yǐ

有责焉耳矣。

——《日知录》

注释

①奚：怎么。

②充塞：堵塞。

③率兽食人：带领野兽来吃人。形容官吏残害百姓。

④肉食者：吃肉的人，引申为有权位的人。

guò jiāng zhū rén

过江①诸人

guò jiāng zhū rén měi zhì měi rì zhé

过江诸人，每至美日②，辄

xiāng yāo xīn tíng jiè huì yǐn yàn zhōu hóu zhōng

相邀新亭，藉卉③饮宴。周侯中

zuò ér tàn yuē fēng jǐng bù shū zhèng zì

坐而叹曰：“风景不殊④，正自

yǒu shān hé zhī yì jiē xiāng shì liú lèi

有山河之异⑤！”皆相视流泪。

wéi wáng chéng xiàng qiǎo rán biàn sè yuē dāng
唯王丞相愀然⑥变色曰：“当
gòng lù lì wáng shì kè fù shén zhōu hé
共戮力⑦王室，克复神州⑧，何
zhì zuò chǔ qiú xiāng duì
至作楚囚⑨相对！”

——《世说新语》

注释

①过江：西晋灭亡，北方士族纷纷渡江南下。
②美日：佳日，指风和日丽的日子。
③藉卉：坐在草地上。
④不殊：没有不一样。
⑤山河之异：指山河破碎，中原易主。
⑥愀然：面色改变的样子。
⑦戮力：并力，合力。
⑧克复神州：光复中原。
⑨楚囚：指囚犯。

为政

wéi zhèng yǐ dé
为政以德

zǐ yuē wéi zhèng yǐ dé pì rú běi chén jū qí suǒ ér zhòng xīng gǒng zhī

子曰："为政以德，譬如北辰[1]，居其所而众星共[2]之。"

——《论语·为政》

zǐ yuē dǎo zhī yǐ zhèng qí zhī yǐ xíng mín miǎn ér wú chǐ dǎo zhī yǐ dé qí zhī yǐ lǐ yǒu chǐ qiě gé

子曰："道之以政，齐之以刑[3]，民免[4]而无耻；道之以德，齐[5]之以礼，有耻且格[6]。"

——《论语·为政》

zǐ yuē wú yù sù wú jiàn xiǎo
子曰："无欲速，无见小
lì yù sù zé bù dá jiàn xiǎo lì zé
利。欲速，则不达；见小利，则
dà shì bù chéng
大事不成。"

——《论语·子路》

注释

①北辰：指北极星。居于众星中央。

②共：通"拱"。环绕。

③道之以政，齐之以刑：用政令引导百姓，用刑罚整顿百姓。
道：同"导"，引导。

④免：免罪，免于惩罚。

⑤齐：整治。

⑥有耻且格：人有知耻之心，则能自我检点而归于正道。

tiān shí bù rú dì lì

天时不如地利

tiān shí bù rú dì lì, dì lì bù rú rén hé. sān lǐ zhī chéng, qī lǐ zhī guō[1], huán ér gōng zhī ér bú shèng. fú huán ér gōng zhī, bì yǒu dé tiān shí zhě yǐ; rán ér bú shèng zhě, shì tiān shí bù rú dì lì yě. chéng fēi bù gāo yě,

天时不如地利，地利不如人和。三里之城，七里之郭[1]，环而攻之而不胜。夫环而攻之，必有得天时者矣；然而不胜者，是天时不如地利也。城非不高也，

chí fēi bù shēn yě bīng gé fēi bù jiān lì yě
池非不深也，兵革非不坚利也，
mǐ sù fēi bù duō yě wěi ér qù zhī shì
米粟非不多也；委[2]而去之，是
dì lì bù rú rén hé yě gù yuē yù mín
地利不如人和也。故曰：域[3]民
bù yǐ fēng jiāng zhī jiè gù guó bù yǐ shān xī
不以封疆之界，固[4]国不以山溪
zhī xiǎn wēi tiān xià bù yǐ bīng gé zhī lì dé
之险，威天下不以兵革之利。得

dào zhě duō zhù shī dào zhě guǎ zhù guǎ zhù zhī

道者多助，失道者寡助。寡助之

zhì qīn qī pàn zhī duō zhù zhī zhì tiān

至，亲戚畔⑤之；多助之至，天

xià shùn zhī yǐ tiān xià zhī suǒ shùn gōng qīn

下顺之。以天下之所顺，攻亲

qī zhī suǒ pàn gù jūn zǐ yǒu bú zhàn zhàn bì

戚之所畔，故君子有不战，战必

shèng yǐ

胜矣。

——《孟子·公孙丑下》

注释

①郭：城墙。

②委：放弃。

③域：划分区域而居，限制。

④固：巩固。

⑤畔：通“叛”。背叛。

文说

天、地、人被称为“三才”，古人做事、考虑问题常常会顾及这三个因素。是“听天由命”，还是“事在人为”？天时、地利、人和，哪个更为重要？

孟子首先抛出“天时不如地利，地利不如人和”的结论。之后以战争为例，用排比的句式，多番比较，从外在的客观条件，逐渐聚焦到主观的人的因素，层层推进，步步印证。

随后孟子从人们对“失道”之人和“得道”之人的不同态度，进一步得出“得道者多助，失道者寡助”的结论。施行仁政，得民心便能得天下，于是便可无往不利，战无不胜。

从这段文字里，我们可以看到孟子思维缜密，条理清晰，语气坚定，不容置疑，雄辩之才如滔滔江河。也可以发现孟子注重人的作用，总能看到人性的光辉，总是对人心、人性充满信心，这大概就是孟子被尊为圣贤的原因吧。

lǎo wú lǎo, yǐ jí rén zhī lǎo
老吾老，以及人之老

xié tài shān yǐ chāo běi hǎi yù rén

挟太山[1]以超北海[2]，语人

yuē wǒ bù néng shì chéng bù néng

曰：“我不能。”是诚不能

yě wèi zhǎng zhě zhé zhī yù rén yuē wǒ

也。为长者折枝，语人曰：“我

bù néng shì bù wéi yě fēi bù néng yě

不能。”是不为也，非不能也。

gù wáng zhī bú wàng fēi xié tài shān yǐ chāo běi

故王之不王，非挟太山以超北

hǎi zhī lèi yě wáng zhī bú wàng shì zhé zhī zhī

海之类也；王之不王，是折枝之

lèi yě

类也。

lǎo wú lǎo yǐ jí rén zhī lǎo yòu
老吾老，以及人之老；幼
wú yòu yǐ jí rén zhī yòu tiān xià kě yùn
吾幼，以及人之幼；天下可运
yú zhǎng
于掌。

——《孟子·梁惠王上》

注释

①太山：即泰山。
②北海：即渤海。

文说

人们常常混淆“不能做”与“不去做”，认为两者是一样的。其实这两者是有很大区别的。挟着泰山跳过渤海，大概只有神仙才能做到，凡人自然无能为力，这是情有可原的。而为长辈折枝这样的小事，明明是自己不去做，却说自己做不到，这是找借口，是懒惰。

分清了哪些事情是“不能”，哪些仅仅是“不为”，尽心尽力把自己力所能及的事情做好，自然可以有所作为，有所成就。

shèng wáng zhī fǎ

圣王之法

jīn tiān xià zhī shì jūn zǐ zhōng shí yù
今天下之士君子，忠实欲
tiān xià zhī fù ér wù qí pín yù tiān xià zhī
天下之富，而恶其贫；欲天下之
zhì ér wù qí luàn dāng jiān xiāng ài jiāo
治，而恶其乱，当兼相爱、交
xiāng lì cǐ shèng wáng zhī fǎ tiān xià zhī zhì
相利①。此圣王之法，天下之治
dào yě bù kě bú wù wéi yě
道也，不可不务为也。

——《墨子》

注释

①兼相爱、交相利：互相关爱、互相谋利。

圣贤

shèng rén zhī dào

圣人之道

dà zāi shèng rén zhī dào yáng yáng hū

大哉圣人之道！洋洋乎①！

fā yù wàn wù jùn jí yú tiān yōu yōu dà

发育万物，峻极于天。优优②大

zāi lǐ yí sān bǎi wēi yí sān qiān dài qí

哉！礼仪三百，威仪三千。待其

rén ér hòu xíng gù yuē gǒu bú zhì dé

人而后行。故曰：苟③不至德，

zhì dào bù níng yān gù jūn zǐ zūn dé xìng ér

至道不凝④焉。故君子尊德性而

dào wèn xué zhì guǎng dà ér jìn jīng wēi jí gāo

道问学，致广大而尽精微，极高

míng ér dào zhōng yōng wēn gù ér zhī xīn dūn
明⑤而道中庸，温故而知新，敦

hòu yǐ chóng lǐ
厚以崇礼。

——《中庸》

注释

①洋洋乎：盛大、浩瀚的样子。

②优优：充足。

③苟：如果。

④凝：聚集。

⑤极高明：达到德行的最高境界。

xián zāi huí yě

贤哉，回也

zǐ yuē xián zāi huí yě yì dān

子曰：“贤哉，回也！一箪[1]

shí yì piáo yǐn zài lòu xiàng rén bù kān qí

食，一瓢饮，在陋巷。人不堪其

yōu huí yě bù gǎi qí lè xián zāi huí yě

忧，回也不改其乐。贤哉，回也！”

——《论语·雍也》

yán yuān kuì rán tàn yuē yǎng zhī mí

颜渊喟然叹曰：“仰之弥[2]

gāo zuān zhī mí jiān zhān zhī zài qián

高，钻[3]之弥坚[4]。瞻[5]之在前，

hū yān zài hòu fū zǐ xún xún rán shàn yòu

忽焉[6]在后。夫子循循然[7]善诱

rén bó wǒ yǐ wén yuē wǒ yǐ lǐ yù bà
人，博我以文，约我以礼，欲罢
bù néng jì jié wú cái rú yǒu suǒ lì zhuó ěr
不能。既竭吾才，如有所立卓尔⑧，
suī yù cóng zhī mò yóu yě yǐ
虽欲从之，末由也已⑨。”

——《论语·子罕》

注释

①箪：古代盛饭用的圆形竹器。
②弥：更加。
③钻：钻研。
④坚：坚深。
⑤瞻：往前看。
⑥忽焉：忽然。
⑦循循然：循序渐进的样子。
⑧卓尔：高大的样子。
⑨末由也已：没有途径可以做到。

jí dà chéng zhě

集大成者

bó yí shèng zhī qīng zhě yě yī yǐn

伯夷，圣之清者也；伊尹，

shèng zhī rèn zhě yě liǔ xià huì shèng zhī hé

圣之任者也；柳下惠[1]，圣之和

zhě yě kǒng zǐ shèng zhī shí zhě yě kǒng

者也；孔子，圣之时[2]者也。孔

zǐ zhī wèi jí dà chéng jí dà chéng yě zhě jīn

子之谓集大成。集大成也者，金

shēng ér yù zhèn zhī yě

声而玉振之也[3]。

——《孟子·万章下》

qí lín zhī yú zǒu shòu fèng huáng zhī yú
麒麟之于走兽，凤凰之于
fēi niǎo tài shān zhī yú qiū dié hé hǎi zhī
飞鸟，太山之于丘垤④，河海之
yú xíng lǎo lèi yě shèng rén zhī yú mín
于行潦⑤，类也。圣人之于民，
yì lèi yě chū yú qí lèi bá hū qí cuì
亦类也。出于其类，拔乎其萃，
zì shēng mín yǐ lái wèi yǒu shèng yú kǒng zǐ yě
自生民以来，未有盛于孔子也。

——《孟子·公孙丑上》

注释

①伯夷、伊尹、柳下惠：均是古代圣人。

②时：识时务。

③金声而玉振之也：古代奏乐以金钟开始，击磬收尾，二者之间八音并奏，合为乐章。这里比喻合众小而成为一大成。

④垤：小土堆。

⑤行潦：路上的积水。

shèng rén wú cháng xīn

圣人无常心

shèng rén wú cháng xīn yǐ bǎi xìng xīn wéi
圣人无常心，以百姓心为
xīn shàn zhě wú shàn zhī bú shàn zhě wú
心。善者，吾善之；不善者，吾
yì shàn zhī dé shàn xìn zhě wú xìn zhī
亦善之；德善。信者，吾信之；
bú xìn zhě wú yì xìn zhī dé xìn shèng rén
不信者，吾亦信之；德信。圣人
zài tiān xià chù chù yān wèi tiān xià hún qí xīn
在天下，怵怵焉，为天下浑其心①，
bǎi xìng jiē zhù qí ěr mù shèng rén jiē hái zhī
百姓皆注其耳目，圣人皆孩之②。

——《老子》

注释

①浑其心：使人的心归于淳朴，返璞归真。

②孩之：将百姓像婴儿一样看待。

shèng rén wú míng

圣人无名

ruò fú chéng tiān dì zhī zhèng ér yù liù qì zhī biàn yǐ yóu wú qióng zhě bǐ qiě wū hū dài zāi gù yuē zhì rén wú jǐ shén rén wú gōng shèng rén wú míng

若夫乘天地之正，而御六气之辩①，以游无穷者，彼且恶乎待哉！故曰：至人无己，神人无功，圣人无名。

——《庄子·逍遥游》

tiān dì yǒu dà měi ér bù yán sì shí yǒu
天地有大美而不言，四时有
míng fǎ ér bú yì wàn wù yǒu chéng lǐ ér bù
明法而不议，万物有成理而不
shuō shèng rén zhě yuán tiān dì zhī měi ér dá
说。圣人者，原②天地之美而达
wàn wù zhī lǐ shì gù zhì rén wú wéi dà shèng
万物之理，是故至人无为，大圣
bú zuò guān yú tiān dì zhī wèi yě
不作，观于天地之谓也。

——《庄子·知北游》

注释

①六气：指阴、阳、风、雨、晦、明。辩，通“变”。

②原：推究，考查。

文说

庄子追求“逍遥”，追求自由自在，无所羁绊。庄子心中境界最高的人是“无己”“无功”“无名”的人。他们不拘泥于自我的偏见，不执着于功名利禄，超脱于尘俗之外，而“独与天地精神相往来”，所以立身处世能够优哉游哉，游刃有余。

为什么呢？庄子认为天地有大美却不言语，四时有分明的规律却不议论，万物有生成的条理却不说话。而圣人应当师法天地，顺应万物至理，所以就应像天地万物一样自然无为，不妄自造作。

圣希[1]天
shèng xī tiān

shèng xī tiān　xián xī shèng　shì xī xián
圣希天，贤希圣，士希贤。
yī yǐn　yán yuān　dà xián yě　yī yǐn chǐ qí
伊尹、颜渊，大贤也。伊尹耻其
jūn bù wéi yáo shùn　yì fū bù dé qí suǒ　ruò
君不为尧舜，一夫不得其所，若
tà yú shì　yán yuān bù qiān nù　bú èr guò
挞于市[2]。颜渊不迁怒，不贰过[3]，
sān yuè bù wéi rén　zhì yī yǐn zhī suǒ zhì　xué
三月不违仁。志伊尹之所志，学
yán zǐ zhī suǒ xué　guò zé shèng　jí zé xián
颜子之所学，过则圣，及则贤，
bù jí zé yì bù shī yú lìng míng
不及则亦不失于令名。

——《周子通书》

注释

①希：仰慕。

②挞于市：在闹市被人鞭打。

③贰过：重犯之前的过错。

弘道

lì tiān zhī dào

立天之道

lì tiān zhī dào yuē yīn yǔ yáng lì dì

立天之道，曰阴与阳；立地

zhī dào yuē róu yǔ gāng lì rén zhī dào yuē

之道，曰柔与刚；立人之道，曰

rén yǔ yì

仁与义。

——《周易》

tiān xíng jiàn, jūn zǐ yǐ zì qiáng bù xī. dì shì kūn, jūn zǐ yǐ hòu dé zài wù.

天行健，君子以自强不息。地势坤，君子以厚德载物。

——《周易》

zhāo wén dào, xī kě sǐ yǐ

朝闻道，夕可死矣

zǐ yuē: "zhāo wén dào, xī sǐ kě yǐ."

子曰："朝闻道，夕死可矣。"

——《论语·里仁》

zǐ yuē: "zhì yú dào, jù yú dé, yī yú rén, yóu yú yì."

子曰："志于道，据[1]于德，依于仁，游于艺[2]。"

——《论语·述而》

zēng zǐ yuē shì bù kě yǐ bù hóng yì

曾子曰："士不可以不弘毅③，

rèn zhòng ér dào yuǎn rén yǐ wéi jǐ rèn bú yì

任重而道远。仁以为己任，不亦

zhòng hū sǐ ér hòu yǐ bú yì yuǎn hū

重乎？死而后已，不亦远乎？"

——《论语·泰伯》

注释

①据：根据。

②游于艺：活动在六艺之中。

③弘毅：刚强而果断。

xíng tiān xià zhī dà dào

行天下之大道

jū tiān xià zhī guǎng jū lì tiān xià zhī

居天下之广居，立天下之

zhèng wèi xíng tiān xià zhī dà dào dé zhì yǔ

正位，行天下之大道；得志，与

mín yóu zhī bù dé zhì dú xíng qí dào

民由①之；不得志，独行其道。

fù guì bù néng yín pín jiàn bù néng yí wēi

富贵不能淫②，贫贱不能移，威

wǔ bù néng qū cǐ zhī wèi dà zhàng fu

武不能屈，此之谓大丈夫。

——《孟子·滕文公下》

注释

①由：遵循。

②淫：扰乱，惑乱。

shàng shàn ruò shuǐ
上善若水

tiān zhī dào bù zhēng ér shàn shèng bù
天之道，不争而善胜，不
yán ér shàn yìng bú zhào ér zì lái chǎn rán
言而善应[1]，不召而自来，绰然[2]
ér shàn móu tiān wǎng huī huī shū ér bù shī
而善谋。天网恢恢[3]，疏而不失。

——《道德经》

shàng shàn ruò shuǐ shuǐ shàn lì wàn wù ér
上善若水。水善利万物而
bù zhēng chǔ zhòng rén zhī suǒ wù gù jī
不争，处众人之所恶，故几④
yú dào jū shàn dì xīn shàn yuān yǔ shàn
于道。居善地，心善渊⑤，与善
rén yán shàn xìn zhèng shàn zhì shì shàn néng
仁，言善信，正善治，事善能，
dòng shàn shí fú wéi bù zhēng gù wú yóu
动善时。夫唯不争，故无尤。

——《道德经》

注释

①应：回应。
②绰然：坦然。
③恢恢：广大，宽大。
④几：近，接近。
⑤渊：沉静。

shàng shì wén dào

上士闻道

shàng shì wén dào qín ér xíng zhī

上士闻道，勤而行之；

zhōng shì wén dào ruò cún ruò wú xià shì wén

中士闻道，若存若亡[①]；下士闻

dào dà xiào zhī bú xiào bù zú yǐ wéi

道，大笑之。不笑，不足以为

dào gù jiàn yán yǒu zhī

道。故建言[②]有之：

míng dào ruò mèi jìn dào ruò tuì yí

明道若昧[③]；进道若退；夷[④]

dào ruò lèi shàng dé ruò gǔ dà bái ruò rǔ

道若颣[⑤]；上德若谷；大白若辱[⑥]；

guǎng dé ruò bù zú jiàn dé ruò tōu zhì zhēn
广德若不足；建德若偷；质真

ruò yú dà fāng wú yú dà qì wǎn chéng
若渝⑦；大方无隅⑧；大器晚成；

dà yīn xī shēng dà xiàng wú xíng dào yǐn wú
大音希声⑨；大象无形；道隐无

míng fú wéi dào shàn dài qiě chéng
名。夫唯道，善贷⑩且成。

——《道德经》

注释

①亡：通“无”。

②建言：古谚，格言。

③昧：昏暗。

④夷：平。

⑤纇：丝上的疙瘩，指不平。

⑥辱：黑垢。

⑦渝：变化。

⑧隅：棱角。

⑨希声：无声。

⑩贷：帮助。

dà dào zhī xíng

大道之行

dà dào zhī xíng yě tiān xià wéi gōng xuǎn

大道之行也，天下为公。选

xián jǔ néng jiǎng xìn xiū mù gù rén bù dú

贤与①能，讲信修睦。故人不独

qīn qí qīn bù dú zǐ qí zǐ shǐ lǎo yǒu suǒ

亲其亲，不独子其子，使老有所

zhōng zhuàng yǒu suǒ yòng yòu yǒu suǒ zhǎng guān

终，壮有所用，幼有所长，矜、

guǎ gū dú fèi jí zhě jiē yǒu suǒ

寡、孤、独②、废疾者皆有所

yǎng nán yǒu fèn nǚ yǒu guī huò wù qí

养，男有分③，女有归。货④恶其

qì yú dì yě bú bì cáng yú jǐ lì wù qí

弃于地也，不必藏于己；力恶其

bù chū yú shēn yě bú bì wèi jǐ shì gù móu

不出于身也，不必为己。是故谋⑤

bì ér bù xīng dào qiè luàn zéi ér bú zuò gù

闭而不兴，盗窃乱贼而不作，故

wài hù ér bú bì shì wèi dà tóng

外户而不闭。是谓大同。

——《礼记·礼运》

注释

①与：推举。

②矜：通“鳏”。老而无妻的人。寡：老而无夫的人。孤：幼而无父的人。独：老而无子的人。

③分：职分，职守。

④货：财物。

⑤谋：图谋。

|文说|

“大同社会” 是古人心中至善至美的理想社会。在“大同世界”里，天下为公，民风淳厚。人们能够秉承纯洁无邪的心性，各安其位，和睦相处，互助共享。没有钩心斗角，没有矛盾纷争，更没有盗窃乱贼。

这一崇高的理想之火从未熄灭。从古至今，无数仁人志士前赴后继，上下求索。大同社会是人们心中对于社会公平、正义的呼唤，也是评价现实世界的理想标准，更是激发人们改进现状、追求理想的不竭动力。这是两千多年前的古代圣贤留给全人类的思想财富，读来启人深思，鼓舞人心。

千里之行，始于足下。现在目标在前，就看我们怎么去实现了。